Hans Löffler

Letzte Stunde des Nachmittags

Roman

Carl Hanser Verlag

1 2 3 4 5 05 04 03 02 01

ISBN 3-446-19984-5

Satz: Reinhard Amann, Aichstetten
Druck und Bindung: Clausen & Bosse, Leck
Printed in Germany

1
Am Horizont

Wie die Luft über den Gräbern Wind wird, vergeht zuerst das Gefühl.

Sie liegt im Bett. Im achtundvierzigsten Stockwerk des Hauses, das die anderen ringsum alle überragt.

Zum weiten Rand der Stadt hin ballen sich noch höhere Häuser zu einem Gebirge: dunkel, glitzernd, stumm.

Von draußen fällt ein wenig Licht auf ihre bloße Schulter. Obwohl der Mond noch hinter dem Haus steht; Vollmond.

Dumpf schwebt Parfum im Raum.

Wie leicht sie atmet.

JEAN springt aus den Dünen wild dem Meer entgegen. Wieder eine heftige Böe, die ihn zum Halten zwingt. Er knickt die Vorderfüße ein, schmiegt seinen Kopf auf den Sand und bellt in die mächtigen Wellen.

Der Strand ist verlassen.

Wie sehr Jeans Fell flattert. Wie ihm die Haare lang und waagerecht, ähnlich den Zweigen der Kiefern, der vielen stummen Windflüchter hinter den Dünen, vom Körper stehen.

Als der Sturm ein wenig abflaut, läuft er dem Wasser entgegen, springt in großen Sätzen am Ufer entlang. Die Beine überkreuzen sich weit – befreit –, strecken sich voneinander.

Die Lust des Kampfes. Alles ist still, neben dem Tosen der Wellen springt der Hundeschatten in die tiefe Sonne.

SIE hebt den Kopf, wendet sich um und greift nach dem Handy, das auf einem Tischchen neben ihrem Bett liegt.

Sie lauscht hinein, stiert darauf und wartet, legt das winzige Telefon wieder zurück auf das Tischchen und atmet, atmet tief ein, schaut auf eine lange, schmale Fläche von Mondlicht, die sich auf den Teppich gelegt hat. So, als könne das silbrige Licht aber auch ein jedes totquälen.

Sie bückt sich zu dem Teppich hinunter, öffnet eine Champagnerflasche, die haargenau am Rand der weißen Mondlichtfläche neben einem Weinglas steht, und gießt es voll – nach und nach. Sie legt sich wieder auf das Bett zurück und trinkt, denkt nach. Sie zieht sich die Decke weiter zum Kopf.

Als das Telefon klingelt, wendet sie ihre Augen zu ihm.

Es ist, als schüttle sie reglos den Kopf.

Sie nippt an ihrem Glas, währenddem das Handy weiterläutet.

Wieder ein kleiner Schluck Champagner.

Noch ein einziges, in sich abbrechendes Läuten.

Wieder Stille.

Das Mondlicht hat die Flasche ganz und gar erfaßt.

Ein wenig Schaum darinnen glimmt grün.

Reglos liegt die Frau da.

Jean schreitet durch den starren Mondschein, schnuppert an der Flasche, legt sich vor das Bett, neben das Licht.

Die Frau stellt ihr Glas auf das Tischchen und läßt einen Arm zu Jean hinabfallen. Er rückt näher an den Arm heran: der streichelt ihn sofort. Als sie aufsteht und nackt in die Dunkelheit geht, folgt ihr Jean, bis beide in dem großen Raum und der Finsternis verschwinden.

Hinter einer Glastür geht eine Lampe an. Licht fällt, gelb ist es, gegen den eisigen Mondschein, einige Meter weiter, bis auf Jean, der vor der Tür liegt und versucht hindurchzuschauen.

Laut bricht Duschlärm in die Nacht.

Sie tritt aus dem Bad.

Jean wartet nicht mehr.

Sie trägt einen weißen, seidenen Morgenmantel, geht auf ein Fenster zu, das verhangen ist. Vorsichtig schiebt sie den schweren Stoff beiseite, blickt nach draußen. Sie spürt sofort die Last des Mondlichts, das wie eine leblose Haut über den Häusern ruht, läßt den Vorhang wieder zurückfallen, läuft zu der Champagnerflasche, schenkt sich wieder nach und trinkt mit kleinen Schlucken, von ausgiebigen, ruhelosen Pausen durchsetzt, in denen sie manchmal den Arm mit dem Weinglas herab und hinauf bewegt und ansonsten nur, als wäre sie leblos, auf den Fenstervorhang schaut: so, als rede sie insgeheim mit dem kalten, abgeriegelten Außen.

SIE liegt auf der Couch. In einem anderen Raum: riesige Möbel.

Von einem bis unter die hohe Decke reichenden Spiegel, den ein ausladender Rahmen faßt, fällt vom Bad her kommend Licht bis zu ihr, auf eines der Beine. Ein Arm von ihr ruht über einem Sekretär, auf dem ein zweiter Telefonapparat steht.

Sie schläft kaum, wenn Vollmond ist.

Sie wendet sich taumelnd herum, hält in der zweiten Hand eine Fernbedienung, schaltet einen CD-Player ein, und Klaviermusik von Johann Sebastian Bach erklingt.

Mehrmals in der Nacht hört sie Musik, meist stundenlang. Sie geht in die Musik hinein. Mit ihr zusammen, in die grenzenlose dunkle Stille, spürt sie.

Jean ist nicht im Raum.

Die Frau greift nach dem Telefonhörer, zögert, macht die Klaviermusik lauter und wählt.

Ihr Körper spannt sich. Sie legt den Hörer schnell auf den Apparat zurück, macht die Musik wieder leiser, überlegt und: wie schmiegsam und wissend sie schon wieder ist, wispert.

»Jean.«

Jean ist sofort da. Er schaut sie bittend an.

Die Frau trinkt Champagner und sieht zu Jean, nickt mit dem Kopf, bis dies Bewegen immer und immer geringer wird, wie nach innen vergeht, tief verborgen in ihr fortfließt.

Jean legt sich auf den Boden.

Die Frau öffnet den Gürtel ihres Morgenrocks, breitet den Stoff auseinander, blickt sich auf den nackten Bauch, schaut sanft zu Jean hinunter und legt den Stoff wieder sorgfältig, ja geradezu zaghaft, um ihren Leib, zieht ihn eng an sich heran, verknotet den Gürtel und stellt die Musik wieder lauter ein, greift erneut zum Telefonhörer und drückt die Wahlwiederholungstaste, legt sich flach auf den Rücken zurück, winkelt die Beine an und lauscht, hört nach wenigen Augenblicken eine sorglose Männerstimme.

»Guten Tag, ich möchte mich entschuldigen, daß ich im Moment nicht zu erreichen bin. Ich freue mich aber darauf, Sie zurückrufen zu können. Bitte sprechen Sie mir ihre Telefonnummer auf das Band. Vielen Dank! Bruno.«

Sie wendet erregt ihren Kopf und schaut auf eine Uhr die vor ihr neben dem Telefon steht.

»Hallo ... ich bin's ... Solveig. – Es ist jetzt 2 Uhr 36. Ich fühle, obwohl wir uns ja eigentlich gar nicht kennen, obwohl wir ja erst dreimal miteinander telefoniert haben ... Ich fühle dennoch, daß Sie mich vor etwa zwanzig Minuten angerufen haben. – – Aber ...«

Der Setter sieht der Frau beim Sprechen zu.

»... aber schätzen Sie das bitte nicht falsch ein ... Ich fühle alles mögliche.«

Sofort legt die Frau den Hörer, als hätte sie Schmerzen, als hätte sie auf einmal anfallartige Schmerzen, zurück auf den Apparat und wendet sich langsam zu Jean. Der ist aufgestanden, steht neben ihr. Zärtlich fährt die Frau ihm mit gespreizten Fingern in das lange Fell hinein, vergräbt sich darinnen, versteckt sich in den Haaren, drückt ihre feinen Fingerspitzen in den warmen, weichen Körper des Tieres, kreist mit ihnen an einem Punkt, oberhalb des rechten Vorderbeines, bis Jean sich mehr und mehr gegen den Druck ihrer Finger lehnt und dann plötzlich die Beine vorne auf die Couch setzt, seinen Kopf, wie in einem stummen Gesang tut er es, gegen ihren Leib preßt.

Sie streicht ihm jetzt leicht: am Kopf, zwischen den Augen, wo die Haare so kurz und rein sind.

Beide hören Musik.

Es ist still.

Jean ist fort.

Die Frau sitzt auf der Couch. Ihr Glas und die Champagnerflasche sind leer.

Die Frau greift zum Telefonhörer, legt sich die andere Hand über die Augen und tippt auf die Ziffertasten. In derselben Zeit preßt sie ihren Kopf mehr und mehr auf ihre Brust hinab und schnellt ihn plötzlich erst wieder hoch, und reißt sich dabei die Hand von den Augen, als eine verschlafene, weibliche Stimme sich meldet.

»Ja ...?«

»Entschuldigen Sie, daß ich noch so spät störe, aber ich würde es nicht tun, wenn es nicht so wichtig wäre, könnte ich bitte Christiane sprechen. Könnten Sie sie mir bitte ans Telefon holen.

»Christiane?«

»Ja, bitte.«

»Eine Christiane gibt's hier nicht. Welchen Anschluß wollten Sie denn?«

Die Frau läßt sich nach hinten auf die Couch fallen.

»Ich bin doch nicht etwa falsch verbunden. Ist denn dort nicht der Anschluß von Schneider?«

»Nein.«

»Au ...«

Jean ist wieder neben die Couch getreten, verfolgt das Gespräch mit verlangenden Augen. Die Frau streichelt ihm eines der langen Ohren; kalt ist es.

»... das tut mir leid. Ich glaube, ich bin falsch verbunden. Es tut mir unendlich leid. Aber verzeihen Sie: ich habe die 74 11 53 97 gewählt.«

»Nein, das ist doch ganz falsch, wir haben die 87 55 32 99. Da kann ich Ihnen nicht helfen. Aber das ist ja seltsam, wie Sie mit Ihrer Nummer an uns gekommen sind.«

Die Frau streichelt immer noch das hauchdünne Ohr von Jean.

»Aber das ist mir ja wirklich peinlich, das ist mir ja unendlich peinlich. Das kann ich ja gar nicht wiedergutmachen ...«

»Aber nun lassen Sie mal, das kann ja schon mal passieren.«

Die fremde Frau hat aufgelegt.

Sie läßt den Hörer neben sich auf die Couch gleiten, hört mit dem Streicheln von Jean auf, starrt an die Wand; zieht und preßt dann auf einmal mit beiden Händen an ihrem Mund herum, an den Lippen, drückt auf ihre Augen, als würden sie Dämonen füttern wollen.

Laut ertönt das leere Rufzeichen.

Im spärlichen Schein einer Stehlampe öffnet sie einen Kleiderschrank. Aufgeregt steht Jean neben ihr. Sie zieht den Morgenrock aus, läßt ihn fallen, steht nackt da und blickt zu Jean, und bekleidet sich mit einem Nachthemd, greift nach einem Trenchcoat und streift ihn sich über, schließt sorgfältig alle seine festgeflochtenen Lederknöpfe, zieht den Gürtel eng zusammen, verknotet ihn, schlüpft in Hackenschuhe und läuft zur Wohnungstür. Jean freudig mit ihr.

Ausgelassen bellt er.

SIE wendet sich nach rechts. Im anderen Auto, hinter Regentropfen an den Scheiben, der Fahrer, lächelt sie milde an.

Er sieht ihr zu, wie sie den Kopf senkt, sich zu Jean umdreht, der auf dem Rücksitz thront, wie sie mit ihren Fingern auf das Lenkrad trommelt, sich den Kragen des Trenchcoat hochstellt und durchatmet, den Kopf wieder senkt und leise stöhnt.

Starkes Hupen hinter ihm und ihr.

Er fährt an, dreht sich noch einmal zu ihr zurück. Sie sitzt immer noch mit gesenktem Kopf da. Hinter ihm drängen mehrere Autos, manche, die von ihrer Spur, da sie ja immer noch steht, hupend auf seine wechselten. Auf einmal rast er unabwendbar davon. All die anderen, wie im Sog voller Lust, hinter ihm her.

Sie hebt den Kopf, atmet lange aus, schaltet, sieht Rücklichter fliehen, fährt an und gerade noch, als der alte schwere BMW in Bewegung kommt, streift sie, neu, das rötliche Licht der Ampel.

Vor ihr kein Fahrzeug; hinter ihr: die Straße unbelebt.

Sie fährt langsam, blickt um sich. Jean hält seinen Kopf weit aus dem hinteren rechten Fenster hinaus, wittert, sieht in helle Geschäfte, auf Restaurants, Cafés, dann und wann einige wenige Passanten, Wanderer der Nacht, die er stolz mißachtet. Irr flattert das Fell seines unbewegten Kopfes außerhalb des Autos.

Sie hat Angst, er könne hinausfallen.

Sie hört die Sirene eines Polizeiautos, wird schnell überholt. Wie ein Schrei kam die Sirene, ein ewig anhaltender, rast davon, aber bleibt eben doch, irgendwo, ohne völlig zu erstikken, rast um die unruhige Welt, denkt sie.

Ruhig, kaum zu hören, läuft der starke Motor.

Kaum Gegenverkehr.

SIE hält vor einem Café. Der Gastraum zur Straße ist offen. Sie spürt das Leben in dem Café. Ihr Blick bleibt auf einem jungen Paar haften, welches von den überhaupt nur noch wenigen Gästen der Nacht am weitesten zur Straße hin an einem winzigen Tisch sitzt.

Sie sieht, wie er unter dem Tisch ihre Hand greift, diese zarte junge Hand, diese unberührte, diese fieberhafte. Sie sieht, wie die beiden sich anschauen, schweigend, wie sie bald mit ihren Händen kämpfen, sich schweigend anschauen, die Köpfe ganz still, die Augen ganz still, wie sie die anderen beiden Hände ganz unbewegt auf dem Tisch liegen haben.

Sie faßt in das Handschuhfach und dreht sich hastig einen Joint, zündet ihn an, möchte aus dem flüchtigen Schein des Streichholzes fliehen, raucht gierig, tief, sieht, wie die beiden unter dem Tisch in aller Schönheit kämpfen, wie das Mädchen, als sie seine Hand zwischen ihre Beine, unter den Rock zwängt, lächelt, wie ihr Kindergesicht bebt, einen Hauch von Zeit, dann wie vorher wieder ist, ganz zart. Und er ist ernst geworden, als begänne nun etwa ein Krieg. Dann küssen sich beide, ein Bierglas fällt um, zerbricht. Der Kellner erscheint, sagt nichts, will gehen, als er sich auf einmal erschrocken umdreht, nach draußen sieht und dort verfolgt, wie sie mit durchdrehenden Rädern, als täte es ihr großer Wagen aus sich selbst heraus, gepeinigt davonrast.

Das Paar küßt sich.

Der Kellner geht zwei Schritte in den Gastraum, kehrt um, nimmt das kaputte Glas mit. Fragte nichts, sagte nichts, sah nichts, lehnt am Buffet.

SIE fährt langsam. Sie raucht nicht mehr. Wird oft überholt. Autos kommen ihr entgegen. Es regnet leicht. Als würden sie leben, bewegen sich die Scheibenwischer, mit großen Unterbrechungen, wo sie stets wie tot erscheinen.

Klaviermusik von Bach.

Sie blickt starr nach vorne, ihr Kopf bewegt sich nicht.

Glenn Gould spielt, summt; summt, spielt; in die grauenvollen Pausen der Scheibenwischer.

Sie steuert mit einer Hand.

SIE sieht sich zu Jean um, hat gehalten, neben einem kleinen Park, steigt hinaus und öffnet hinten die Tür, macht die Musik aus, als der Hund, im Dunkel der Stille des Parkes, schon unsichtbar wird.

Sie hat sich wieder gesetzt, die Türen verschlossen, greift nach ihrem Handy, drückt eine gespeicherte Nummer. Nach zwei Rufzeichen ertönt ihre Stimme. Mühsam lauscht sie ihren eigenen Worten.

»Hier meldet sich der Anrufbeantworter von Solveig Anderson. Leider bin ich im Moment nicht zu erreichen. Sprechen Sie mir nach dem Signalton bitte auf das Band. Ich melde mich auf jeden Fall so schnell wie möglich bei Ihnen. Danke!«

Sie prüft, ob bei ihr zu Hause Gespräche aufgezeichnet wurden, hat die Beine seitlich weit von sich gestreckt, hört, mit geschlossenen Augen, den Hinterkopf gegen die Lehne gepreßt. Aber kein Mensch rief an.

Sie wählt noch einmal ihre Nummer, lauscht wieder ihren eigenen Worten, hat die Augen offen, vergräbt ihren Blick in einer finsteren Baumkrone, die manchmal wie von innen etwas zu zittern scheint.

»Hier meldet sich der Anrufbeantworter von Solveig Anderson. Leider bin ich im Moment nicht zu erreichen. Sprechen Sie mir nach dem Signalton bitte auf das Band. Ich melde mich auf jeden Fall so schnell wie möglich bei Ihnen. Danke!«

Sie läßt das Handy auf den Nachbarsitz fallen, als würde sie es niemals mehr brauchen, schließt ihre Augen wieder, sieht über dem Meer Möwen, wie sie im Wind schweben und in die Höhe emporschießen und wieder herabfallen, und dabei lachen wie Mädchen: schon wieder woanders.

Im Dunkel ruft eine Eule. Und vor der Tür winselt Jean. Als sie aussteigt, um dem Hund die Tür zu öffnen, schreit die Eule schon wieder, woanders im Park, wohl hoch oben in einem der alten Bäume, muß weitergeflogen sein, ruft noch einmal, aus größerer Ferne, als sie ins Auto steigt und langsam anfährt. Einige Regentropfen fallen wieder auf die Scheibe. Kein Scheibenwischer beginnt seine Arbeit.

Sie denkt an das Meer.

SIE tritt in den Raum, wo das Telefon steht. Setzt sich daneben in einen massigen Ledersessel, schaut auf das Telefon. Kurz nur, schüchtern, als sähe der Apparat ihr entgegen. Auf den riesigen Teppich blickt sie hinunter, von dort zu einem der Fenster zur Straße hin, zu einem Flugzeug, das gerade vorbeifliegt in weiter Ferne, und wieder zum Teppich hinunter, als lebten sie, in der Mittagssonne, die vielen Muster. Und dann greift sie doch zum Telefon, zum Hörer.

Sie denkt nach, hört in den Lautsprecher, schnuppert an ihm, vertraut ist ihr der Geruch, und drückt eine Wahltaste.

Jean ist gekommen, als sich wieder die ruhige Männerstimme aus der Nacht meldet.

»Guten Tag, ich möchte mich entschuldigen, daß ich im Moment nicht zu erreichen bin. Ich freue mich aber . . .«

Sie hat aufgelegt und nach Jean gefaßt, ihm eine Hand um die Schnauze gelegt. »Na Bruno«, flüstert sie ihm zu, hat ihren Kopf zu ihm heruntergebeugt, drückt ihn an seinen Hals, spürt den Herzschlag in dem Tier, den ruhigen. Minutenlang hört sie ihn mit: als wären es Stunden.

Kleine Vögel, mitten in der Stadt, vor dem Fenster, picken lärmend Körner.

Sie steht auf. Die Vögel flüchten in die Tiefe.

Als sie nach dem Hörer greift, ihn nach und nach an ein Ohr führt, blickt sie zur Decke, tippt an dem Apparat auf Nummertasten, hört das erste Rufzeichen und erschrickt, als sich sofort eine Stimme meldet; eine männliche, eine grobe, eine nicht fragende.

»Ja, Döring hier!«

Sie ist hilflos, schweigt. Ihr Kinderblick am Weiß der Wand, wie verankert.

»Hallo!«

»Ach verzeihen Sie, ich bin falsch verbunden«, sagt sie, blickt weiter an die Decke, hat die Verbindung unterbrochen.

Sie schwankt ein wenig, kann sich am Sessel stützen.

Jean ist fort.

Die Decke ist weiß, denkt sie, nichts als weiß, unendlich tief weiß, denkt sie. Sollte sie für immer so stehen: sie glaubt es.

Wieder wählt sie, und sieht dabei noch in das Weiß.

Eine weibliche Stimme ertönt, weich, erstaunt.

»Ja . . .?«

Sie zögert, sie senkt wieder ihren Kopf, schaut auf das Telefon, heult kurz auf vor Schmerzen, in der Wirbelsäule, im Hals, als sie den Kopf wendet, nach rechts und links.

»Hallo, was ist denn?«

Sie ist, in ihrem Schmerz, in seinem Abklingen, wieder bei sich.

»Es ist schon wieder alles gut . . . Wer spricht denn da bitte?«

»Kaiser hier.«

Sie hat sich wieder in den Sessel gesetzt und wendet vorsichtig den Kopf hin und her.

»Pardon, ich hatte eben einen Krampf. Aber ich hätte eine große Bitte an Sie, Frau Kaiser, ich rufe von auswärts an und weiß jetzt leider nicht genau, ob Sie die Frau Kaiser sind, die ich eigentlich suche, ich . . .«

»Ich heiße mit Vornamen Sylvia.«

»Aber das ist es ja, im Telefonbuch . . .«, sie schaut aus dem Fenster, wie eine große dunkle Wolke vor die Sonne zieht, am Ende ist sie ganz weiß und wie Nebel, ». . . im Telefonbuch stehen doch unter diesem Vornamen mehrere Kaisers, und die Adresse von der Sylvia Kaiser, die ich suche, die kenne ich ja eben nicht.«

Sie wartet. Die Wolke scheint größer geworden zu sein,

scheint zu stehen, aber das federleichte Weiße, das hat sich aufgelöst.

»Tut mir leid, ich bin mir sicher: wir kennen uns nicht. Ich kann Ihnen nicht helfen.«

Die Frau hat aufgelegt.

Sie tut es auch, sofort, wischt sich Schweiß von der Stirn, fährt durch ihre fettigen Haare, steht auf, tritt zum Fenster, sieht der Wolke nach, die sich doch weiterbewegt hat, die sich ihrem Blickfeld, über ihr Haus hin, unberührt entzieht.

»Jean«, spricht sie deutlich, als sie den Kopf wieder senkt und verfolgt, wie Autos über Autos, unendlich viele Autos, wie Ameisen auf ihren Straßen tief unten ihren Weg nehmen, am Grund dieser trostlosen Schlucht, in der harten Mittagssonne.

Sie erschrickt, als es klingelt.

Sie wendet sich vom Fenster, aber, als wolle sie es eigentlich nicht, als wolle sie draußen bleiben, mit den Augen in der Schlucht der emsigen Autoameisen, geht sie vorsichtig in Richtung Wohnungstür. Im Korridor bleibt sie stehen und greift zielsicher, und wie unermeßlich vertraut sie es tut, nach einer Sonnenbrille, die dort auf einer Kommode liegt, schleicht weiter, als es wieder klingelt und Jean erscheint. »Pssst«, raunt sie ihm zu und sieht durch das Guckloch. Sieht eine junge Frau, die ihre Nachbarin ist, sagt:

»Ja hallo, wer ist denn da?«

»Ich bin es, Frau Anderson, Laura.«

Sie entfernt die Kette von der Tür, setzt die Sonnenbrille auf, dreht den Schlüssel zweimal herum und öffnet.

»Guten Morgen«, sagt die zwanzigjährige Frau, deren kurze blonde Haare sie eigentlich noch jünger erscheinen lassen.

Sie kann nicht antworten, steht im Spalt der halboffenen Tür. Jean ist hinausgetreten, begrüßt Laura freudig, schüttelt sich.

»Ich wollte nicht stören. Ich bringe bloß die Sachen, die Sie haben wollten. Nur die Margarine habe ich vergessen. Aber das . . .«

»Das ist nicht schlimm«, sagt sie, greift nach den Tüten, ruft Jean, will in die Wohnung zurück.

»Das Geld können Sie mir ja später geben. Geht's wieder besser?«

Sie hält in ihrem Rückzug inne, blickt Laura an, Momente, schweigend – und schüttelt den Kopf. »Nein . . . nein. Bis später.«

Sie schließt die Tür, nimmt die Sonnenbrille ab und blickt durch das Guckloch. Beobachtet, wie Laura noch vor ihrer Tür steht, und überlegt. Ohne zu wissen, daß sie gesehen wird, ist Lauras Gesicht ganz entspannt, fragend, verlassen, seltsam schön, der Kopf etwas geneigt.

SIE steht an einem Fenster, öffnet es. Sieht auf die Stadt hinaus, raucht eine Zigarette, drückt sie schnell wieder aus, wirft sie hinaus, spürt, wie sie fällt, reckt sich etwas in die Höhe, bis auf die Zehenspitzen, spürt, wie die Zigarettenkippe stürzt, wie Angst in ihr emporsteigt, die sie zu lähmen beginnt, spürt bald, wie die Kippe aufschlägt, unbemerkt, zwischen den Autos, zwischen fahrenden, stehenden, auf ihnen mitgerissen wird, zermalmt wird im Lärm, augenblicklich oder später, oder vielleicht auch nie, wendet ihren Blick, mit letzter, kleiner Kraft, von der Stadt weg, auf ihren Teppich, schlägt hastig das Fenster zu und atmet jetzt erst wieder.

Sie hat sich gebückt, fährt mit dem Finger einem Muster im Teppich nach, einem scharlachroten, den Kurven und Kreisen, zwei Ecken. Und tritt nachher vor den großen Wandspiegel. Sieht ihre nackten Füße, die verwaschenen Jeans, ihren weinroten Pulli. Fährt mit dem Blick höher, beklommen immer höher, zieht den Ausschnitt des Pullis herab, sieht auf die Haut unterhalb des Halsansatzes, sieht, daß sie welk ist, mehr als noch gestern, sieht sie. Sie weiß es, läßt den Ausschnitt wieder los. Und wie er hochschnellt.

Zweiundvierzig Jahre alt soll ich sein, denkt sie, oder dreiundvierzig, fünfundvierzig, acht, zwölf, oder siebenundsechzig, schaut in ihr übernächtigtes Gesicht, bemerkt die strähnigen Haare darum. Wie stolz sie doch früher immer war, denkt sie, blickt sich in die Augen, lange, sieht die Trauer, und wie die sich langsam, ganz allmählich, in Kälte verwandelt, wie die Haut im Gesicht sich dabei etwas glättet, wie sie selbst unnahbar wird. Und sie spürt, wie sie das belebt, sie sich erschrickt und gleich lächeln muß, sich entgegenhaucht, ohne daß der Spiegel beschlägt.

2
Tauben warten am Grund der Tiefsee

JEAN IST DAVONGESTÜRMT. Sie entfernt sich vom Auto, trägt einen Beutel. Es ist windstill. Und doch spürt sie, wie ihr dumpfe Schwaden von faulendem Seetang, Fischgeruch, daß ihr maßlose, unbekannte Weite entgegenströmt.

Sie bleibt stehen, sieht um sich, betrachtet die Kiefern, als wären sie ihr heute erstmals fremd, sieht die schrägen Stämme, die wie von Riesen niedergedrückt sind. Die Äste sind ins Land geneigt, wie Flaggen im Sturm, als wollten sie fliehen, schon seit Jahrzehnten, von den Stämmen, mit den Stämmen, seit sie da sind.

Sie geht die Düne hinan. Durch den trockenen Sand, zwischen dem Strandhafer, sinkt ein, springt auf einmal noch drei Schritte und sieht das Meer. Steht da. Schaut in die Ferne.

Mit einem Opernglas sucht sie den Strand ab.

Jetzt weiß sie, daß sie alleine ist. Ein Schwan, weit entfernt, tapst auf dem Sand.

Wo ist Jean, denkt sie, ruft ihn, dreht sich erschrocken herum, bis er erscheint, schwer atmend, lang hängt ihm die Zunge aus dem Maul.

Sie ist auf den Knien, in der Düne. Sie schiebt mit den Unterarmen und ihren Händen, in einem ovalen Kreis, Sand um sich, bis eine flache Kuhle entsteht, die nach und nach tiefer wird. Sie zieht ein Laken aus ihrem Beutel und breitet es in der Kuhle aus und legt sich darauf. Jean legt sich neben sie.

Sie rückt hin und her, bis sie sich wieder aufrichtet.

HINTER der Düne hat sie Jean an eine Kiefer gebunden.

Sie döst auf dem Rücken, das Gesicht zur Sonne gestellt, die Augen geschlossen. Als höre sie das Meer, das spiegelglatte Wasser, als bücke sich die Sonne zu ihr herab. Kein Ton sonst.

Sie richtet ihren Oberkörper auf, greift in den Beutel.

Sie dreht sich einen Joint und legt sich wieder auf den Rücken, raucht, fühlt, unter dem Laken, den Sand, daß er kalt ist, im Vergleich zu ihren Händen, spürt ihn unterwürfig wie die Oberfläche eines riesigen, fremden Körpers.

Sie beginnt sich auszuziehen, raucht immer wieder, legt sich auf ihren Pulli, auf die Jeans, reckt sich der Sonne näher entgegen, mit der linken Hüfte, spürt, daß sie warm wird, die Hüfte, auch der Bauch, die Beine, die Stirn besonders. Sie greift in den Sand neben dem Laken, spürt, wie der Sand ihr durch die Finger rinnt, wie laues Wasser, Kaskaden, die lautlos, schrecklich lautlos bleiben.

Schreie von Möwen in weiter Ferne verstummen wieder.

Sie raucht. Der andere Arm ist reglos. Sie atmet aus, bis aufs Meer. Sie spreizt die Beine, wegen der Sonnenstrahlen; etwas.

ENGELSSCHREIE fühlt sie, als das Handy läutet, neben ihr, im Einkaufsbeutel aus Leinen, zweimal, dreimal, bis sie dann hochschreckt, sich umblickt, bald »ja« sagt, ganz, ganz leise, gierig am Joint zieht und schnell schon »Guten Tag, schön, daß ich Sie endlich erreiche« hört.

Sie kann nicht antworten, zieht sich hastig den Pulli über und hört, wie er »Hallo« sagt, mehrmals immer wieder »Hallo« ruft, wie ins Nichts, plötzlich unruhig geworden ist, zaudernd, dann irgendwann fordernd wird.

Sie hat den Pulli an, lauscht ins Handy. Hört wieder ein »Hallo«, als sie sich hastig den Slip überstreift, in die Jeans räkelt, sagt dann:

»Ja, ich bin hier.«

»Hatten wir jetzt Leitungsprobleme«, lächelt die Stimme, schon wieder vollkommen in sich verändert.

»Ich weiß nicht.«

»Ich wollte mich für Ihren Anruf bedanken.«

»Einen kleinen Moment bitte.«

Sie knöpft sich die Hose zu, setzt sich auf, streicht sich durchs Haar.

»Ja, ich habe heute nacht ... ich hatte ... es ist Vollmond.«

Sie schaut zu Jean, der weit von ihr ruhig vor dem Baum liegt, schwenkt den Kopf weiter, blickt auf das Meer hinaus.

»Ich habe mich sehr gefreut«, sagt er, und seine Stimme klingt jetzt wieder wie die, die sie von seinem Anrufbeantworter kennt und mag, mit sich trägt, oft nur bei ihm anwählt, um sie zu hören, sich manchmal wünscht, daß er nicht da ist, um nur der Seele seiner Worte nahe zu sein.

»Ja?« sagt sie aufs Meer hinaus, ganz klar, und schweigt.

»Sie sind nicht zu Hause?«

»Woher wissen Sie das?«

Er zögert.

»Ich hatte heute schon mehrmals versucht, Sie dort zu erreichen. Sie wissen, daß ich Sie mit dem Handy nicht stören möchte. Ich hatte es Ihnen versprochen.«

Sie windet sich im Sand, sieht zum Horizont.

»Ich bin am Meer.«

»Oh ...« sagt er und wartet »... am Meer. Da wäre ich auch gerne.«

»Ich möchte Ihnen noch etwas Wichtiges, anderes sagen. – Versprechen Sie mir bitte weiterhin, daß Sie mich niemals besuchen werden, daß Sie meine Adresse nicht herausbekommen wollen? Ja, bitte. – Oh! Warten Sie – hier schwimmt gerade ein Schwan vorüber, und wie er leuchtet, und stolz dahinsegelt.«

»Ich habe es Ihnen doch schon oft versprochen. Sie wissen, daß mir unsere Beziehung ...« und der Mann macht eine Pause, und sie, sie lauert auf die Worte, die er gleich hinzufügen wird, hat ihren Blick auf dem Schwan. »... daß mir unsere Beziehung, daß mir diese Nähe wie ein Geschenk, man könnte sagen, daß Sie mir wie eine Gabe Gottes vorkommen. Und ich will dieses seltene Geschenk doch nicht gefährden.«

»Es ist so schön hier.«

Der Mann schweigt.

»Ich danke Ihnen«, sagt sie und legt den Kopf auf das Laken, ruht mit einer Wange auf dem Sand darunter, das Handy am anderen Ohr. »Ich melde mich wieder. Bis bald.«

»Bis bald. Ich denke ständig an Sie. Und sagen Sie doch bald Bruno zu mir, es würde mich sehr glücklich machen.«

»Ich werd's versuchen.«

Sie hält das Handy fest in den Fingern, blickt in den blauen Himmel, scheinbar ist es kühler geworden.

Ein zweiter Schwan, wie aus der Tiefsee emporgestiegen, treibt auf den anderen zu, hochgestellt die Flügel, wie Schaufeln, wie Flossen, Segel im Wind, der gerade ein wenig aufzuflauen scheint.

Sie liegt auf dem Rücken. Die Kuhle ist tiefer. Sie hat die Ränder des Lakens um sich gelegt, friert etwas, schmiegt sich an Jean, der fast mit dem halben Körper auf ihr ruht: dunkel sein Leib, die langen Haare auf dem weißen Laken. Kleine Wellen sind zu hören. Es ist Abend, der Wind böig.

Lange liegt sie schon so da. Spürt den leichten Atem des Hundes, die Vorderbeine auf ihrer Schulter, beobachtet, wie Jean auf das Meer blickt, wendet plötzlich ihren Körper und legt sich auf den Bauch.

Jean geht zum Meer.

Sie sieht ihm nach, wie er läuft, quer zum Ufer, flaniert, vor Schaumkronen, dem weiten Horizont, der beängstigend riesigen Dämmerung.

Sie wickelt sich aus dem Laken und steht auf, ruft gegen den Wind laut »Jean«, geht.

Es regnet.

Im Dunkel tastet sie sich an den Sekretär, auf dem das Telefon steht, schaltet den Anrufbeantworter aus, um ihn abzuhören, und vernimmt genau, obwohl vor den Fenstern der Regen in die Stadt peitscht, das Arbeiten des Apparats, das Klicken, das Knacken, das Surren, wartet auf Worte, die hoffentlich gleich zu ihr gesprochen werden. – Aber nichts, ein Rauschen, das leer und stetig mit dem des fallenden Regens sich verbindet.

Sie wartet, tastet sich zur Stehlampe, schaltet Licht an.

Sie geht zum Telefon zurück, stiert darauf, läßt das Band zurückspulen, hört wieder das Rauschen, das unendliche, das sich mit dem des starken Regens vermählt hat, gegen sie, denkt sie, spürt, daß sie nicht mehr weiß, was sie denkt über sich, wie früher, wo einmal alles so klar war, aber das ist Jahre her, schaltet das Band ab, wartet kurz, drückt auf einen Knopf und setzt sich sofort, lehnt sich zurück, schließt die Augen und hört ihre eigene Stimme. »Hier meldet sich der Anrufbeantworter von Solveig Anderson. Leider bin ich im Moment nicht zu erreichen. Sprechen Sie mir nach dem Signalton bitte auf das Band. Ich melde mich auf jeden Fall so schnell wie möglich bei Ihnen. Danke!«

Lange hört sie dem Regen zu, bis sie wieder zum Telefon faßt, den Hörer hält, eine Taste drückt und gleich wieder auflegt, den Kopf schüttelt.

Sie greift nach einer halbvollen Champagnerflasche und gießt sich ein. Sie macht den CD-Player an und hört Bach. Hört, wie Glenn Gould summt, spielt, wie er sie trägt. Sie spürt, wie sich ihr Körper in dem großen Ledersessel, den sie noch aus der Kindheit kennt, von alleine zusammenrollt, sich verliert. Manchmal nippt sie am Glas, ohne es wirklich gewollt zu haben, ohne den Regen zu hören, den Champagner zu schmecken.

Sie hat das Licht gelöscht.

Wie still es geworden ist, in der Finsternis, mit der Musik, mit diesem einsamen Mann, fühlt sie.

SIE schaut die erstaunte Nachbarin an, die ihr die Tür aufmachte, ohne gefragt zu haben, wer denn da sei, sie mild anlächelt und vergnügt sagt: »Na das ist ja eine Überraschung.«

»Guten Abend ... ja, ich wollte ... hoffentlich ist es nicht zu spät ...? Es ist ja schon tiefe Nacht, aber ich hörte zufällig Geräusche und ...«

Sie kann ihre Scheu nicht überwinden, kann nicht weitergehen, obwohl ihr die Nachbarin, obwohl Laura die Tür noch weiter geöffnet hat, schon losläuft in ihren hellen Korridor, da sie annimmt, sie würde ihr folgen.

»Na nun kommen Sie doch!« Laura hat sich umgedreht, geht zurück, zieht sie wie ein scheues Tier sanft in die Wohnung und schließt die Tür.

»Wir kennen uns nun schon so lange, und ich glaube, Sie waren noch nie bei mir. Stimmt das nicht?«

Sie wird von Laura betrachtet und sagt schnell: »So lange kennen wir uns doch noch gar nicht.« Ist froh, daß ihr das einfiel, daß ihr irgend etwas einfiel, daß die Bedrohung, die sie spürt, der anderen nur nicht bewußt wird.

»Na eineinhalb Jahre mindestens.« Die Nachbarin schaut jetzt von ihr weg, geht in die Küche. »Aber schön, daß Sie mal hier sind.«

Sie ist ihr gefolgt, faßt in die Hosentasche, sagt: »Ich wollte nur meine Schulden bezahlen.« Sie spürt etwas Entspannung, als entstünde die in allen Zellen ihres gesamten Körpers gleichzeitig, wie durch ein Serum, das aber Arme und Beine doch zuallererst beruhigt, als würde es sich mit ihnen schon vorab besprochen haben.

Laura lacht, sagt: »Ach Gott, so wichtig ist das doch auch nicht«, setzt sich an einen Küchentisch, spricht weiter. »Setzen Sie sich doch einen Moment. Vielleicht möchten Sie auch einen Tee, als Sie klingelten, wollte ich mir gerade einen machen. – Na?«

»Nein, nein danke, ich schlafe dann nur schlecht. Und dazu auch noch der Vollmond.« Sie hat sich gesetzt. »Zweiundzwanzig Mark«, sagt sie und legt das Geld auf den Tisch.

»Ja, das stimmt, danke.« Laura macht sich ihren Tee, gießt dampfendes Wasser auf.

»Und wie geht es Ihnen sonst so?«

»Ach es geht schon.«

»Wirklich?«

Sie schweigt, senkt den Kopf und spielt mit dem Geld. Das Licht der Lampe über dem Tisch scheint ihr nicht mehr direkt in die Augen.

»Aber darf ich Sie etwas fragen, Frau Anderson, etwas anderes?«

»Etwas anderes?« Sie hat den Kopf wieder angehoben, blickt Laura prüfend an. »Bitte.«

»Darf ich Sie fragen, was aus dem Anrufer geworden ist. Sie wissen doch, wen ich meine?«

»Welcher Anrufer«, antwortet sie, und wieder neigt sich ihr Kopf, als habe er sich von alleine, durch eine innere Mechanik, gesenkt oder würde von unsichtbarer Hand unerbittlich gepreßt, dreht sich nach seitlich unten ab, steigt wieder auf, ohne in seiner Bewegung innegehalten zu haben, und als hätte zudem jemand die ganze Zeit den Hals gewürgt, und kommt schließlich dort wieder zum Stehen, wo er mit seinem seltsamen Weg begann.

Sie schaut Laura an.

Sie schweigt, spürt eine Leere, die in ihr aufkommt und auffällig immer stärker in ihr existieren will, fragt noch einmal schnell, bevor sie, wie sie denkt, vielleicht überhaupt nie mehr ein einziges Wort sprechen kann. »Welcher – Anrufer?«

»Sie hatten mir doch vor Wochen einmal erzählt, wissen Sie es nicht mehr, es war im Fahrstuhl, und wir waren währenddessen aus Versehen zwei Etagen zu weit gefahren«, Laura gießt sich Tee in eine Tasse und trinkt einen Schluck. »Daß Sie ein Mann, erst war er mit Ihnen falsch verbunden gewesen, und Sie hatten ihm damals wohl unglücklicherweise auch noch Ihre Telefonnummer gegeben, daß dieser Mann Sie dann immer und immer wieder anrief.«

»Ach jetzt weiß ich, was Sie meinen: nein, nein, der hat sich bald schon nicht mehr gemeldet.«

Sie schaut in die Glühbirne der Lampe über ihrem Kopf, blinzelt.

»Na dann ist es ja gut.«

»Wie meinen Sie das: was ist gut ...?«

Sie schaut wieder Laura an, kann sie kaum erkennen, so blendete sie vorher das Licht der hellen Birne.

»Na, ich hatte den Eindruck, daß Ihnen das nicht recht war und ...«

In diesem Moment gibt es ein Geräusch. Ihr Kopf schnellt erschrocken herum, und sie fragt, noch in die Bewegung ihrer Augen hinein: »Es ist noch jemand da?« Ist, nachdem Laura ruhig antwortet: »Ja ja, das war sicher meine Freundin«, plötzlich sehr betrübt, steht vom Stuhl auf und sagt: »Ach so. – Ja, ich muß dann aber auch wieder gehen«, und läuft zur Wohnungstür.

Laura folgt ihr, holt sie schnell ein.

»Schade, daß wir nicht länger sprechen konnten. Aber«, sie macht eine kleine Pause, beide sind stehengeblieben, »wie wär's denn, wenn Sie mal mit mir ausgehen, vielleicht zu einem Konzert, oder auch nur in ein Café, Sie sollten mal raus, Sie müssen wieder mal unter Menschen kommen.«

Sie steht in der Tür, die Laura ihr vorher schon geöffnet hatte, wendet sich zu ihr herum. Sie schaut ihre Nachbarin an und denkt: warum bin ich eben nur so aufgesprungen, hoffentlich hat sie das nicht bemerkt, spürt etwas Offenes in den sie ansehenden grünen Augen, sieht heute etwas in ihnen, in dem man spazieren kann wie in der Frühlingssonne am Meer, ganz alleine, zusammen mit der ewigen, unglaublichen Weite.

»Zur Not stütze ich Sie eben. Wie geht es denn überhaupt mit den Gleichgewichtsstörungen? Ist's besser geworden? Und was sagt denn Ihr Arzt?«

»Er sagt immer nur, er findet nichts, und daß ich gesund bin. Aber mir geht's doch wirklich nicht gut. Und wenn ich irgendwo umfalle?«

»Ach ... sehen Sie mal nicht gleich so schwarz. Und wir beide zusammen bekommen das schon hin. Denken Sie mal über meinen Vorschlag nach.«

Sie sagt nichts, sieht scheu an Laura vorbei, in die Wohnung zurück, spürt plötzlich, daß sie die Freundin doch lieber sehen würde.

Laura gibt ihr die Hand.

»Brauchen Sie morgen noch etwas? Oder soll ich den Hund ausführen?«

»Nein, nein, es ist schon gut, danke, vielen Dank.«

Sie zieht jetzt erst ihre Hand aus der ihrer Nachbarin, spürt deutlich etwas von einer Art Sterben in sich, als die andere die Hand öffnet und ihre freigibt. Sie fühlt einen Schmerz, der ihr irgendwie wohltut. Und als sich dann langsam die fremde Tür hinter ihr schließt und sie dabei hört, »Und schlafen Sie gut ... Und vergessen Sie meine Einladung nicht«, vergeht dieser Schmerz auch schon wieder.

Sie hat ihren Eingang erreicht, blickt sich nicht um, schließt ihre Tür auf, ist glücklich.

Jean bellt kurz, als sie eintritt.

SIE liegt auf dem Bett.

Sie spürt, wie gläsern sie die Dunkelheit trägt. Sie hat alles Bettzeug vom Bett entfernt, liegt nackt auf dem leeren Laken. Sie spricht in ihr Handy. Ganz nah an ihren Mund hält sie es, hört ihre eigene Stimme, wie die einer Unbekannten, die sie aber immer suchte, jedoch niemals traf, zu der sie jetzt aber tatsächlich gerade wurde. »Ich sehe Haie schwimmen, halte mich an ihnen fest ... Sie tun mir nichts ... gar nichts ...«

»Sind Sie zu Hause?«

»Ja, ich liege im Bett, bis über den Kopf zugedeckt.«

»Mit dem Meer zusammen?«

»Ja, mit der Tiefsee, Bruno. – Haben Sie gehört, ich habe eben Bruno gesagt.«

Sie wartet lange, hört bald ein leises »Ja«.

»Ich treffe Seepferdchen, die viel größer sind als die richtigen, und treffe Kraken, Wale. Und viele Milliarden kleinster Fische sehe ich jetzt, die leuchten. Nun haben sie mich erreicht. Wie das kitzelt. Schon sind sie wieder fort. Es war so schön ...«

Sie bewegt sich etwas, liegt wieder ruhig.

Auch er schweigt. Sie empfindet es als eine lange, eine gute Zeit, bis er sich dann, als erster, wieder meldet, da aber genau ersehnte sie es auch schon so sehr.

»Wegen Ihrer Reise ist heute gar keine Musik an?«

»Möchten Sie sie hören?«

»Gerne, wenn es Sie nicht stört. Ich ahne sie dann, wenn es wieder Maria Callas sein sollte, ich ahne sie dann – noch besser.«

Sie greift zur Fernbedienung unter dem Bett.

Maria Callas singt in die Dunkelheit, singt Norma: Casta Diva.

Sie hört die Stimme, sieht wieder einen Hai an sich vorübergleiten, stumm, ruhelos schön.

»Wunderbar, nicht wahr? – Hören Sie die Stille? Hören Sie diese unendlich schöne Stille, die Stille, in der diese Frau leben kann.«

Er schweigt.

Bis er vorsichtig sagt: »Ich war kaum jemals so glücklich.«

Sie wartet lange, sagt: »Schlafen Sie ein«, bricht das Gespräch ab, legt das Handy sacht fort.

SIE läuft hin und zurück.

Sie geht vor das Fenster, sieht hinaus, läßt sich das Sonnenlicht auf ihr ausbreiten, öffnet nach einigen Minuten das Fenster, lächelt Jean an, der neben sie tritt, sieht wieder nach draußen.

Die gewaltige Höhe, aus der sie jetzt hinunterschaut, auf andere Dächer, in die Straßenschluchten, in denen es sich emsig bewegt, dieses Ausmaß von Über-dem-anderen-Sein, in dem sie mit Jean zusammen lebt, dies ahnt der Hund wahrscheinlich gar nicht einmal, denkt sie.

Jean läuft weg.

Sie schließt das Fenster, blickt auf ihre Schuhe. Als das Telefon läutet, springt sie zum Apparat.

»Ja!?«

»Hier Laura, Ihre Nachbarin, ich kann es noch immer nicht glauben, Sie wollen wirklich mitkommen, haben es sich so schnell überlegt. Das hätte ich nicht gedacht, daß es so schnell gehen könnte.«

Sie lächelt in sich hinein, sieht von ihrem Stuhl aus dem Fenster, auf das Ende der Stadt, das im trägen Smog nur zu erahnen ist.

»Ich hatte den ganzen Tag überlegt, bis jetzt, gerade eben. Sie hatten schon recht, daß ich wieder mal unter Menschen muß ... Wie Sie das wußten?«

»Na dann vielleicht doch gleich heute noch, wir gehen abends zu einer Lesung, da könnten Sie mitkommen, wenn Sie möchten.«

»Heute noch,« sie ist aufgestanden und neben eines der großen Fenster getreten, den Telefonhörer am Ohr, sieht, wie auf einem Nachbarhaus, auf dem Dach, ein Mann eine einzelne Brieftaube aus einem winzigen Verschlag freiläßt, verfolgt, wie er ihr nachschaut, als die Taube in die Höhe davonstürzt. Wie mit einem Schlüssel aufgezogen flattert sie, hin zu ihr, über sie weg, verschwindet zum Himmel.

»Hallo, sind Sie noch da?«

»Ja natürlich, ich überlege nur . . .«

»Gegen zwanzig Uhr könnten wir sie abholen. Bei sich, wenn Sie wollen.«

»Mit der Freundin?«

»Ja.«

»Gut.«

Sie sieht den Mann, wie er immer noch, über ihr Haus hinweg, in die Ferne schaut. »Dann machen wir es einfach so.«

»Bis bald also, es ist ja gar nicht mehr so lange hin. Ich kann es immer noch nicht glauben.«

»Also, bis dann.«

Sie hat aufgelegt.

Der Mann blickt immer noch seiner Taube nach.

Sie legt den Telefonhörer beiseite und greift nach dem Opernglas, das neben ihr auf dem Fensterbrett steht, sieht hindurch, sucht den Mann auf dem Dach, dreht eilig am Glas, bis der Mann deutlich zu erkennen ist. Traurig sieht er aus, ein alter Mann ist er, stiert in ihre Richtung, aber über ihr vorbei, riecht an einer seiner Hände, ohne die aufgerichtete Haltung des Kopfes auch nur ein wenig verändert zu haben, läßt seine Hand an der Nase.

Vielleicht fliegt die Taube bald über das Meer, denkt sie.

Vielleicht weint der Mann.

SIE hebt die Arme an, öffnet sie weit nach außen.

Vielleicht tritt ihr die andere entgegen, umarmt sie fest.

Sie lächelt sich an.

»Na komm ... komm doch, komm ...«

Sie lacht, bückt sich zu Jean hinunter, der kam, sofort da war, als sie »Na komm ... komm doch, komm ...« gesagt hatte, streichelt ihn, blickt in den großen Spiegel, sieht, wie ihre Hand wieder und wieder zärtlich über den Hundekörper fährt. Sie ist sich dessen nicht bewußt, überhaupt nicht bewußt.

Als sie sich wieder in die Augen blickt, ist sie ernst geworden, steht auf und tritt vom Spiegel fort.

3
Kindlich der Nachthimmel

Es sind nur Zuhörerinnen in dem Raum.

Im Hintergrund liest eine Autorin. Solveig, Laura und Susanna sitzen nebeneinander und hören zu.

Als sich eine Frau, die Reihen vor ihnen sitzt, ein weiteres, Laura weiß nicht wievieltes Mal umdreht und Solveig wieder länger anschaut, beobachtet Laura diesmal ihre Nachbarin.

Solveig scheint der Autorin zuzuhören, scheint die Blicke der Frau, die sich dauernd auffällig umdreht und jetzt auch wieder nach vorne zur Autorin schaut, nicht wahrzunehmen, scheint auch nicht zu spüren, daß Laura sie beobachtet, sitzt da, in ihrem dunklen Nadelstreifen-Anzug, die Beine übereinandergeschlagen, und auf dem oberen Knie die Finger beider Hände ineinander verkettet, als solle ein jeder Mensch sehen, wie ihre Fingernägel weinrot leuchten, und hört doch zu.

Laura schaut Susanna an, fragend begegnet die ihrem Blick.

»Ich müßte mal auf die Toilette«, flüstert Solveig Laura zu.

»Dort, die Tür«, antwortet Laura leise und zeigt, weiter rechts neben sich ist sie, auf eine schmale Tür. Solveig steht auf und läuft auf die Toilette zu, stolz, selbstsicher. Die Fremde, die sich dauernd nach Solveig umsah, blickt ihr nach, bis sie die Tür hinter sich geschlossen hat, bis Solveig nicht mehr zu sehen ist.

»Was ist hier eigentlich los«, spricht Susanna Laura erregt an. »Was geht hier eigentlich vor, willst du mich verscheißern? Die ist ja eine völlig andere, als du es mir erzählt hast. Kranke, bedauernswerte Person! Da muß ich ja lachen. Das mußt du doch gewußt haben!«

»Ich verstehe das nicht. – Ich hab sie noch niemals so erlebt, das mußt du mir glauben. Ich bin selbst überrascht.

Schon seitdem wir sie von der Wohnung abholten, sie uns ihre Tür aufmachte. Hast du das nicht bemerkt, an mir?«

»Ich war viel zu verblüfft, da konnte ich dich nicht noch beobachten. – Und hier jetzt, bemerkst du hier nicht, wie sie angesehen wird, aufgesaugt wird.«

»Natürlich habe ich das bemerkt. Aber glaube mir, sie sieht heute wirklich ganz anders aus, als ich sie kenne, und das nicht nur wegen des Friseurs, denn da muß sie irgendwann auch noch schnell gewesen sein. Sie ist heute viel jünger als sonst, ihr Gesicht ist doch völlig glatt, und die Augen, die leuchten ja richtig. Und hast du gesehen, wie sie läuft?«

»Natürlich habe ich das gesehen.«

»Wie sie zur Toilette gegangen ist, dieses Aufrechte ihres Körpers, dieses Wiegende, das kenne ich an ihr überhaupt nicht. Aber ich glaube, sie merkt das gar nicht.«

»Was?«

Strafend sieht sich eine der Zuhörerinnen vor Laura und Susanna zu ihnen um. Laura leise. »Na, daß sie auffällt, meine ich.«

»Da wäre ich mir aber nicht so sicher, an deiner Stelle. Das muß doch ein Idiot bemerken: die hat ja eine Ausstrahlung, da werden ja Tiere, wahrscheinlich sogar Pflanzen schwach. – Das ist doch unglaublich, wenn das kein Wandel ist? Das muß die doch merken. Das ist ... das ist ...«

»Paß auf, sie kommt zurück.«

Im Hintergrund beendet die Autorin ihre Lesung. Es wird geklatscht. Solveig ist bei ihrem Platz angekommen, klatscht auch. Susanna spricht sie an. »Der Anzug steht Ihnen gut.«

»Ja«, Solveig reagiert geschmeichelt. »Den habe ich mindestens zehn Jahre nicht mehr angehabt. Wißt ihr was, ich mach euch einen Vorschlag, ich lade euch ein, irgendwohin, in ein schönes Café, zu einem Glas Champagner.«

Susanna blickt zu Laura, die schaut fragend Susanna an.

»Wollt ihr nicht?«

Laura steht auf, Susanna auch. Die Fremde, die sich ständig zu Solveig umsah, steht plötzlich neben den dreien.

»Natürlich wollen wir.« Susanna lächelt die Fremde an, als Laura sagt: »Na dann gehen wir doch.«

Die drei gehen.

Aufmerksam und so, als könne sie es nicht glauben, was sie doch aber sieht, blickt die Fremde den dreien nach. Eine attraktive, schöne Frau Anfang Dreißig, mit langem dunklem, offenem Haar, das an ihr herunterfällt wie Meereswogen im leichten, frühen Morgenwind. Verlangend, ja brutal ist ihr offener Blick.

SIE weiß, daß genau an dem Tisch das Paar saß, das sich verloren küßte, vor Tagen, nachts. Das Mädchen, die Hand des Jungen zwischen ihre Beine gezogen, saß auf ihrem Stuhl. Seltsam, was die Zeit möglich macht, denkt sie, er hatte auf dem von Susanna gesessen, und die weiß nichts, gar nichts davon. Sieht sie ihm ähnlich? Ach, nein.

Sie hebt das Glas an den Mund, winkelt es an, trinkt den wenigen Champagner, der sich noch in ihm befindet. Schwelgerisch und ruhig tut sie es, beläßt das Glas noch an ihren Lippen, spürt, wie Laura und Susanna sie beobachten, löst langsam das Glas wieder vom Mund, streckt den Arm weit über den kleinen Tisch und dreht das Glas mit der Öffnung nach unten. Sie schaut erst Laura und dann auch Susanna an, lächelt, wie ein Schmetterling, der in der Sonne lautlos mit seinen Flügeln schlägt.

Sie erhebt sich und hält nach dem Kellner Ausschau.

»Garçon.«

Jetzt sieht er zu ihr, lächelt.

»Garçon, wir nehmen noch eine Flasche. Jetzt muß ich doch endlich mal mit meinen Mädchen Brüderschaft trinken.«

Ein warmer Luftschwall, von draußen gekommen, durch die offene Fensterfront, wie auf einem heimlichen, verbotenen Nachtspaziergang durch die Innenstadt, wie geflohen von irgendwo, betastet sie und flieht wieder nach draußen in die Dunkelheit. Sie schaut ihm nach, als hätte auch er gelächelt, draußen vor dem Café, nur zu ihr, zum Abschied, so ist ihr.

Ein Mann, tief im Gastraum, neben einem zweiten, einem Bekannten, hatte er gesessen, der ihm jetzt nachsieht, mit gereckten Hals, erwartungsvoll nachsieht, läuft direkt auf sie zu.

»Verzeihung, dürfte ich den Damen den Champagner bestellen?«

Doch sie wendet sich um, bevor sie zu dem Mann aufsieht, von ihm weg, fühlt wieder den Luftschwall, milder noch als vorher fast, ist er zurückgekehrt, ganz kurz, wandert weiter sofort, wird heute nacht nicht noch einmal kommen, denkt sie; fühlt sie.

»Verzeihung«, wiederholt der Mann, nun, da sie ihm hoch in die Augen schaut. »Dürfte ich den Damen den Champagner bestellen?«

Immer noch sieht sie zu ihm hinauf, schweigt, ist jetzt erst überrascht, blickt durch den Mann Laura an, unsicher plötzlich, bis die sagt: »Nein, nein, das ist sicher gut gemeint, aber wir möchten gerne alleine bleiben.«

Sie sieht wieder den Mann an, fünfunddreißig Jahre alt ist er vielleicht, oder achtunddreißig, gut gekleidet, wie er sich kurz verbeugte, zu ihr, kurz seinen Kopf senkte, nahe, ganz nahe vor ihr, wie er wieder geht, wie er die Beine setzt, wie hölzern er jetzt läuft, Platz nimmt, wo er herkam, kein Wort sagt zu seinem Nachbarn, der ihm voller Erwartung entgegensieht, sich eine Zigarette anzündet und ihm auch eine anbietet, ebenfalls schweigt, schließlich verkrampft lächelt.

»Sie haben heute Chancen«, sagt Laura flüsternd.

Solveig lächelt, schaut nach draußen, ob der Hauch Wind vielleicht doch noch ein einziges Mal kommt, wartet kurz. Sie fühlt sich wohl.

Der Kellner gießt Champagner nach. Neulich noch trug er das zerbrochene Glas des Paares davon, ohne auf die beiden gesehen zu haben. Jetzt steht er hier und gießt ihr, gießt ihr und Laura und Susanna Champagner ein, lächelt dabei, geht wieder. – Es ist so.

Sie greift nach ihrem Glas, spürt in sich eine Hemmung, auf einmal, als sie das schwere Glas in den Fingern hält.

»Na dann ... ich weiß gar nicht mehr, wie man das überhaupt macht.«

Sie neigt sich nach vorn, mit dem Oberkörper, bewegt ihren Arm auf den eingewinkelten von Laura zu, winkelt auch ihren an: wie verkettet bin ich nun mit ihr, denkt sie sich, sieht, daß Susanna sie genau beobachtet, einmal kurz, wohl unbeabsichtigt, mit dem rechten Arm Lauras Bewegung sogar mitvollzieht.

Sie hat jetzt ihr Glas vor ihrem Mund, Laura das ihre.

»Jetzt müssen wir trinken?«

»Ja, jetzt müssen wir trinken.«

Sie sieht auf Laura.

Nach vorn gestellt hat die den Kopf, ihr entgegen, die Augen geschlossen, sie spürt, wie leicht sie sie geschlossen hat, wie sie wartet, wie Laura in die Dunkelheit hinein lebt, auf sie zu, beinahe nur mit dem Mund. Sie sieht, wie entspannt Lauras Lippen aufeinanderliegen, und doch warten. Sie spürt, als sie ihnen näher kommt, wie hinter der Stille des Wartens ein Hauch von Gier liegt, wie hinter der zitternden Gier es zauberhaft tanzt, nicht zu hören die Musik, vielleicht Klaviermusik, sieht, wie sich Lauras Mund einen feinen Spalt geöffnet hat.

Sie blickt scheu zu Susanna, ganz kurz nur.

Lauras Kopf ist noch näher gekommen.

Sie legt ihren Mund auf den von Laura, ganz flüchtig nur will sie es tun, spürt, wie die Zeit sich weitet, kann ihren Kopf endlich wieder zurückziehen, schließt einen Moment auch die Augen, spürt, wie der Luftschwall der Straße wohl noch einmal dagewesen ist, daß ihr warm ist, spürt, wie ihr der Kopf glüht, wie sich Blut in ihm sammelt, anstaut: unglaublich leicht.

Sie senkt ihren Kopf, öffnet die Augen, zündet sich eine Zigarette an, zieht den Rauch tief in sich hinein, schaut wieder hoch: Vier seltsam sanfte Augen sind auf sie gerichtet.

Sie trinkt einen großen Schluck Champagner, sieht in die großen Augen von Laura, die ihr noch nie so nah war wie jetzt.

Sie schaut zu Susanna.

Susanna drückt ihren Mund auf ihren. Sie weiß nicht, ob sie dem standhalten soll. Sie weiß nicht, was sie tun soll, schließt ihre Augen schnell wieder, bemerkt, daß sich ihre Hände, tief in den Jackentaschen, im Stoff, verkrallt haben, ahnt deutlich, daß Susanna bald ihren Mund öffnen wird, daß sie sich gleich nicht mehr beherrschen kann, sich ihre Seele von ihr abspalten will, riecht Susannas Parfum, den Körpergeruch dahinter, den sie vorher noch nie wahrnahm, findet endlich die Kraft, ihren Kopf zurückzuziehen, atmet tief ein, ist über die Zeit, die verging, die sie mühelos durchhielt, erschrocken, leckt sich mit ihrer Zunge über die Lippen, spricht schnell. »Also ... ich heiße Solveig. Wie ihr heißt, das weiß ich ja: Laura und Susanna.«

Sie schlägt ihr Glas mit denen der beiden zusammen.

Sie sieht, wie Susanna Laura einen Kuß gibt. Sie sieht, wie Susanna aber ihr dabei in die Augen blickt, tief in die Augen blickt.

Sie fühlt das Meer.

Sie wundert sich.

MIT einer Hand steuert sie den BMW, ihren treuen, alten, großen dunkelblauen Freund, schaltet in den zweiten Gang herunter, fährt auf der völlig verlassenen Straße noch langsamer.

Sie schaut auf Laura und Susanna, wie sie zusammensitzen, neben ihr, vorne, auf einem Sitz, als schliefen sie, eng aneinandergeschmiegt wie seltsame Schwestern, oder ein Liebespaar.

Immer und immer wieder, wenn das Licht der hohen Straßenlampen alle paar Sekunden in den Wagen fällt, sie wartet jetzt schon darauf, sieht sie, daß beide die Augen geschlossen haben, Susanna Lauras Kopf stützt, mit der anderen Hand Lauras Hand umklammert hat.

Sie schaltet wieder hoch, fährt schneller.

Sie wird von einem Motorrad überholt, turbinenähnlich grell das Geräusch, sekundenbruchteile nur, anschwellend, abschwellend, schon ist es, vor ihr, fort, schneller noch als das Polizeiauto, Nächte vorher, fast an der gleichen Stelle.

Sie schaut auf Susanna und Laura, unbewegt die beiden.

Das Motorrad haben sie gar nicht gehört.

Wieder fällt das Licht einer Straßenlampe flüchtig in den Wagen hinein, fliegt über die beiden hinweg. Wie ihre Hände ineinanderliegen. Lauras Mund ist weit geöffnet.

SIE steht am Fenster. Sie sieht auf das Dach, von dem aus der alte Mann seine Brieftaube freiließ, sucht im Dunkel den Verschlag, kann ihn nicht erkennen, schaut zum Himmel, der durch eine Wolkendecke verhangen ist.

Tiefe Nacht, doch viele Menschen sind noch wach, denkt sie, werden wach, schlafen irgendwann wieder ein. Sie sieht hinaus auf die funkelnde Skyline, dort gehen Lichter an, dort welche aus, da noch eines, und da, Schicksale beginnen und enden. Seitlich hinter ihr flackert eine Kerze, die ihr das einzige Licht im Raum spendet.

Sie schließt das Fenster, dreht sich um und geht auf die Kerze zu, faßt den Ständer und geht mit ihm zum Telefon, sieht, wie die weiße Seide des Morgenrocks das Licht des kleinen Dochtes unentwegt aufsaugt und aber auch gleich wieder zurückstrahlt, als solle jeder dieses Verhältnis auf das innigste miterleben können, wie der Stoff an ihr, der bis zum Boden reicht, dabei ein wenig zu leben scheint, zu rufen scheint, irgendetwas will.

Sie hat die Kerze abgestellt.

Sie streichelt sich über einen der Oberschenkel bis zum Knie herab. So unendlich weich ist der Stoff.

Rufe ich an, oder rufe ich nicht an, denkt sie und geht zum Fenster, kommt wieder zum Licht zurück, stellt die Kerze noch näher an das Telefon, drückt auf eine der Tasten und wartet, hat sich gesetzt. Durch den Hörer verfolgt sie, wie die Zahlen sich nach und nach unabwendbar ihr Ziel suchen, hört zwei Rufzeichen, erhebt die Kerze wieder, schaut auf das leuchtende Weiß der Seide auf ihrer Hüfte, wo der Stoff gespannt und glatt ist, und vernimmt die Worte »Guten Tag, ich möchte mich entschuldigen, daß ich im Moment nicht zu erreichen bin. Ich freue mich aber darauf, Sie zurückrufen zu können. Bitte sprechen Sie mir ihre Telefonnummer ...« , bis es an der Wohnungstür klingelt. Erschrocken legt sie den Hörer auf. In einem der anderen, vielen Räume bellt Jean, schweigt schnell wieder.

Sie blickt auf das Telefon, zum Korridor. Sie löscht die Kerze. Es klingelt wieder. Sie geht vorsichtig zur Wohnungstür, schaut durch das Guckloch, sieht Susannas Gesicht, macht das Licht an, bindet sich den Gürtel fester um den Morgenrock und öffnet die Tür.

»Susanna ...? Du ...!?«

Sie sieht, daß Susanna eine Flasche Wein in der Hand hält.

»Ja, ich dachte, wir könnten vielleicht noch einen Schluck trinken? Ich bin überhaupt noch nicht müde.«

»Nein ... nein, nein ...« sie spürt, daß sie hilflos, zu überrascht ist, sich aber doch auch zugleich fortgesetzt Worte in ihr sammeln, die sie nur auszusprechen braucht. »Es tut mir leid, Susanna, aber heute, es ist doch bestimmt schon mindestens ein Uhr, heute kann ich nicht mehr. – Wirklich nicht, sei mir nicht böse.«

Sie sieht, wie betrübt Susanna augenblicklich ist. Sie legt ihre rechte Hand auf Susannas Kopf, auf ihr welliges, so außergewöhnlich derbes Haar und sagt: »Und schlaf gut«, und will in den Korridor zurück, spürt jetzt plötzlich, daß Susanna eine ihrer Hände auf jene von ihr, auf ihrem Haar, gelegt hat und ihre Finger so sehr auf sie preßt, daß sie sich gar nicht von Susanna lösen kann.

Wenig später spürt sie, so wie die Worte kurz vorher in ihr alleine entstanden, daß in ihr eine Kraft anwächst, mit der sie, und wie ruhig sie ist und bestimmt, wo kommt das nur her, denkt sie sich, mit ihrer anderen Hand die von Susanna von der ihren wieder forthebt, frei ist und mit anhört, wie sie selber sagt: »Also, schlaf gut.«

Susanna sieht sie an. Sie spürt, daß sie nicht böse ist. Aber was in ihr vorgeht, hinter dem reglosen Gesicht, den unbewegten Augen, das kann sie nicht deuten. Sie schließt sacht die Tür, horcht nach draußen.

SIE steht neben dem Telefon.

Sie raucht eine Zigarette.

Die Kerze brennt wieder.

»Guten Tag, ich möchte mich entschuldigen, daß ich im Moment nicht zu erreichen bin. Ich freue mich aber darauf, Sie zurückrufen zu können. Bitte sprechen Sie mir Ihre Telefonnummer auf das Band. Vielen Dank! Bruno.« Der Signalton zum Sprechen ertönt, sie hat das Mikrofon des Hörers zugehalten, atmet tief ein, sieht sich um, wendet sich zum Apparat zurück, atmet weit aus, löscht mit zwei Fingern die Kerze und spricht, spricht ruhig ins Dunkel, sieht, wie in der Ferne die Wolkendecke etwas aufreißt, Sterne funkeln, hinter ihnen die Unendlichkeit. »Guten Abend ... Ich bin hier. Wenn Sie da sein sollten und mich hören, so nehmen Sie bitte den Hörer ab. Ich habe mir etwas überlegt, eben erst überlegt, und das würde ich Ihnen gerne gleich sagen, möchte ich Ihnen jetzt gleich sagen. Etwas, das ich Ihnen nicht auf das Band sprechen kann. Es wäre für mich dann wie – wie ...?«

Sie hört, wie am anderen Ende der Leitung jemand den Hörer abnimmt, blickt auf das kleine Stückchen Himmel, das inzwischen etwas größer wurde, hat sich einen besonders hellen, großen Stern auserkoren, hält sich an ihm fest.

»Wie wäre es?«

Sie erkennt die Stimme von Bruno, sofort.

»Sie sind es?«

»Ja.«

Sie schweigt, er schweigt auch.

»Ich wollte Ihnen sagen, es wäre dann ... dann ... dann, wie eine Entweihung ... für mich.«

»Das verstehe ich ... aber jetzt können Sie mir es ja sagen. Was wollten Sie denn nicht auf das Band sprechen?«

»Soll ich's wirklich tun?«

»Warum nicht? Wir sind allein.«

»Nun gut ... Sie werden es nicht für möglich halten, aber ich glaube plötzlich ... glaube plötzlich, heute, gerade eben, wir sollten uns doch einmal begegnen. – Einmal!«

Sie spaziert in Stille.

»Hallo, sind Sie noch da?« sagt sie später.

»Natürlich bin ich noch da. Ich kann es nur kaum fassen.«

Sie spürt, wie sie weicher wird, klar, daß sie ganz und gar rein ist.

Sie setzt sich.

Sie sieht in einem kleinen Spiegel an der Wand vor ihr, sieht, daß sie trotz der Finsternis glücklich ist, als sie sagt, und die eigenen Worte wie aus der Ferne hört:

»Ich kann es auch nicht fassen.«

ZIGARETTENRAUCH verdichtet sich um sie herum.

Sie dreht die Scheibe des Fensters neben sich herunter, steckt den Kopf hinaus, sieht auf das Meer, die Seebrücke herab, ahnt fern den Morgen.

Offener Himmel, abnehmender heller Mond.

An ihr vorbei zieht der Zigarettenqualm nach draußen, wird vom Wind mitgerissen: ins Land hinein.

Sie schaltet die Scheinwerfer aus, das Schneeweiß der Seebrücke leuchtet nicht mehr, die Lampen, die auf dem Steg Licht spenden, belassen ihn, der weit ins Meer hineinragt, wie im Schlaf; wie im Halbschlaf.

Sie öffnet die Tür, greift nach ihrem Trenchcoat, schließt die Tür sofort wieder und geht die wenigen Stufen hinunter, auf die Seebrücke zu.

Jean jault im verriegelten Auto.

Sie tritt auf die Brücke, die hier noch über dem Strand lastet.

Sie dreht sich um, zum Auto, läuft weiter, zieht sich ihren Mantel über.

Sie bleibt nun nicht mehr stehen.

Sie läuft langsam, sieht, wie ihr die Wogen entgegenfallen, aus der Dunkelheit kommen, wie sie stürzen, ihre Schaumkronen brechen, unter den starken Bohlen, auf denen sie läuft, hinter ihnen wieder erscheinen, in aller Unrast, und wieder im nahen Dunkel unsichtbar werden, um bald am Land auszulaufen, um wunderbar zur Ruhe zu kommen.

Sie verknotet den Gürtel ihres Mantels enger, schlägt den Kragen hoch, die Haare flattern ihr weit vom Kopf.

Auf der Balustrade sitzen einige Möwen, fliegen aufgeschreckt in die Nacht, über die Wellen, verlieren sich, manche schreien, kehren zurück, setzen sich wieder auf die Balustrade, an gleicher Stelle, schlafen wieder ein, wackeln im Wind.

Sie ist an der Spitze der Seebrücke angekommen. Ihre Schritte enden neben einer weißen Bank, die im Licht einer Lampe, direkt über ihr, bleich leuchtet. Sie setzt sich und schaut hinunter in die aufgewühlte See.

Sie dreht sich mit Mühe einen Joint, raucht.

Sie blickt hinauf zur Lampe, trotzt des Sturmes haben sich um sie kleine Insekten gesammelt, fliegen unruhig im Chaos durcheinander. Vielleicht fürchten sie sich.

Sie schaut wieder in die Wellen hinab, mehrere Meter unter sich.

SIE wacht auf; sie friert. Um ihre Schultern liegt eng eine Decke.

Sie spürt, daß der Wind schwächer wurde, sieht zum Horizont, sieht die Morgendämmerung. Nicht weit von ihr sitzen vier Möwen reglos auf dem Geländer, achten auf nichts: warten anscheinend.

Jean ruht vor ihren Füßen, den Kopf, weit von sich gereckt, auf den Boden gedrückt.

Jean hebt den Kopf, blickt aufmerksam auf das Meer. In einiger Entfernung gleiten lautlos zwei Surfer dahin.

Sie sieht die bunten, starren Segel, sieht, daß ihr eine der schwarzen Personen zuwinkt.

Sie steht auf, reckt sich, wendet sich um, geht auf das Ufer zu, bemerkt erst jetzt, wie weit, sehr weit, die Seebrücke auf das Meer hinausreicht, läuft schneller, zusammen mit den Wellen, hat plötzlich Angst, das Ufer vielleicht nicht mehr erreichen zu können. Jean hinter ihr her. Sie rennt, wird schneller als die Wellen, schluchzt. Jean überholt sie, bellt.

Sie sieht, wie Jean am Auto wartet. Sie schwitzt, wird langsamer, verliert die schwere Wolldecke, bückt sich, hebt sie wieder auf.

Der Wind drückt sie.

4
Der Schmerz des Meeres

SIE SAH IHN SOFORT. Schon bevor sie das Auto verließ.

Sie läuft auf das Café zu. Der enge Rock ihres Kostüms läßt sie nur kleine Schritte machen. Die Sonnenbrille gibt ihr Schutz, denkt sie.

Sie weiß, daß sie schön ist, daß sie groß gewachsen ist. Sie spürt die Höhe durch die emporragenden Hacken der Schuhe, diese Höhe, die ihr schon völlig abhanden gekommen war in den vielen letzten Jahren.

An dem Tisch, an dem sie mit Laura und Susanna saß, das wollte sie so, unbedingt so, da sitzt er, das muß er sein, er hat sich wirklich dahin gesetzt.

Sie ist stehengeblieben.

Er sitzt da, in Gedanken.

Ich hätte ihn mir anders vorgestellt, denkt sie.

Sie läuft. Ruckartig hebt er den Kopf. Seine Augen richten sich auf sie. Er muß sie erkannt haben. Sie sieht ihn an. Sie läuft weiter, ihr Herz klopft stark, sieht, daß er aufsteht, er ist es, ihr zuwinkt. Er trägt ein kaßlerrotes Sakko und eine türkisfarbene Krawatte über dem Oberhemd, hat ein Gesicht wie viele, ein männliches.

Er läuft ihr entgegen.

Sie hat das Gefühl von Schwindel, und daß er sie zu tragen beginnt, je näher sie ihm kommt, sie auffängt, als er sie anspricht und sagt: »Verzeihung, guten Tag, aber Sie müssen Solveig sein.«

Sie lächelt und nickt mit dem Kopf, spürt, daß sie noch viel mehr Scheu verliert, blickt auf den Boden, als er ihr sacht die Hand küßt. »Schön, daß sie gekommen sind«, sagt er und wendet sich dabei zum Café um. »Setzen wir uns doch.«

»Danke, gerne.«

Sie setzt sich auf den Platz, wo Susanna saß, er hat sich auf den von ihr gesetzt, schaut sich um. Eine Kellnerin kommt. Schade, daß der Kellner nicht da ist, der das junge Paar und sie neulich bedient hat, denkt sie, sie hatte es sich so gewünscht.

»Kaffee? Tee? Eis? – Was darf ich Ihnen bestellen?«

»Ich trinke ein Glas Champagner.«

Sie spürt eine Überraschung, eine ganz kurze Verunsicherung in seinem Gesicht, diesem harmonischen Gesicht, das, wenn auch etwas dick, so aber doch zu seiner so angenehmen Stimme paßt. Dieses Gesicht, seltsam, wie es in seiner Stimme lebt, in allem, was er ruhig sagt.

»Bringen Sie uns bitte ein Glas Champagner. Und für mich ... für mich einen Cognac, und einen Kaffee.«

Er blickt sie an, jetzt, wo die Kellnerin gegangen ist, mustert sie ganz offen, ohne zu sprechen. Sie nimmt die Sonnenbrille ab, will irgend etwas tun, währenddem er sie immer noch anschaut. Er soll endlich sprechen, denkt sie und weiß nicht warum, bis er endlich sagt, wie ein Kind sagt: »Daß Sie da sind ...!?«

»Sie haben wirklich den Tisch gefunden, den ich meinte.«

»Ja, ist er das? Hat es irgendeine Bewandtnis mit ihm?«

»Ach nein, das ist nur Aberglaube, ich bin einfach nur abergläubisch.«

Er betrachtet den Tisch, sieht unter ihn, lächelt, blickt um sich, als prüfe er auch die anderen, wittere ein Geheimnis, das er sehr gerne kennen möchte.

»Ja und nun«, sagt sie verlegen, als er sie wieder anschaut.

»Und nun, ich freue mich erst einmal. Ich denke, das darf ich doch auch bei ...«

Die Kellnerin kommt und stellt das Glas Champagner, den Cognac und eine Tasse Kaffee ab.

Sie blickt der Frau ins Gesicht, würde sich am liebsten an sie klammmern, sagt laut: »Danke.«

»Und nun trinken wir erst einmal auf unser, ja, wie soll man es nennen ...? Sagen wir, auf unser beider Schicksalsspuren, die sich hier, vielleicht sogar an diesem Tisch, und Sie ahnten das, die sich also hier, sozusagen, schließlich getroffen haben.« Er schaut in die Sonne, blinzelt mit den Augen, schaut sie wieder an. »Kann man es nicht so sagen?«

Sie sagt: »Vielleicht«, und will sich eine Zigarette anzünden. Doch eilig reicht er ihr Feuer, bevor sie es sich selber geben kann, lächelt.

»Danke schön.«

»Also«, er ist jetzt ernst geworden, »dann prost.«

Beide stoßen sacht ihre Gläser aneinander.

»Prost.«

»Auf ein gutes weiteres Schicksal.«

Beide trinken, und dann zieht sie den Rauch ihrer Zigarette tief in sich hinein, blickt ihn an, wartet und bläst den Qualm lange zur Seite hin aus.

Er beobachtet sie.

Sie fühlt, irgendwie ist er fasziniert.

»Erzählen Sie mir etwas von sich. Ich weiß doch eigentlich gar nichts«, sagt er. »Obwohl das natürlich auch seinen Reiz hat.« Er überlegt, sie zieht wieder tief Rauch in sich hinein. »Machen wir es doch so, Sie erzählen mir etwas von sich, und ich sage Ihnen später – denn ich habe mir ja über die vielen Monate, die wir uns schon kennen, die wir schon ununterbrochen fast miteinander sprechen, mein Gott, eine Zeit, in dieser langen Zeit habe ich mir natürlich auch ein Bild von Ihnen gemacht –, ich werde Ihnen dann also später sagen, ob ich Sie vielleicht ganz anders gesehen habe. Wollen wir es so machen?«

Sie stößt den Rauch aus, den sie diesmal die ganze Zeit in sich zurückhielt, schweigt, sieht in ihr Glas, ihre Nasenflügel bewegen sich hin und her, sie spürt das. Sonst ist sie reglos.

»Erzählen Sie einfach etwas«, er tut, als hätte es die Pause gar nicht gegeben. »Ich hätte zum Beispiel ... wie soll ich das jetzt am besten sagen, ohne Sie gar zu verletzen ... diese Attraktivität, diese außergewöhnliche Kraft, die Sie ausströmen, diese Intensität, die hätte ich, da bin ich jetzt ganz ehrlich, so nicht erwartet.«

Sie schaut ihm in die Augen, schweigt.

»Ein anderer Mann würde sagen: Wissen Sie eigentlich, daß Sie sehr schön sind?«

»Ja?« sagt sie und blickt wieder in ihr Glas.

»Erzählen Sie mir etwas.«

Er trinkt einen kleinen Schluck Cognac. Sie zieht an ihrer Zigarette, aber diesmal den Rauch nicht so tief, antwortet ziemlich schnell. »Was soll ich erzählen? Ich bin zweiundvierzig Jahre alt und ...« sieht an ihm vorbei in das Café hinein.

»Darf ich Sie kurz, hier nur ganz kurz unterbrechen?«

»Bitte.«

»Zum Beispiel hätte ich früher, und auch jetzt noch, gemeint, daß Sie Jahre jünger sind als ich, und ich bin achtunddreißig.«

Sie spürt, daß ihr die Worte von ihm guttun, will ihn am liebsten weiterreden lassen, schweigt, sieht auf ein rotes Licht hinter dem Tresen, das ihr schon neulich auffiel, nachdem Laura sie geküßt hatte, klammert sich daran.

»Aber gut, nun habe ich Sie doch unterbrochen, ich sage jetzt erst einmal gar nichts mehr. Ich kann ja später reden. Wir haben ja noch so viel Zeit.« Er reckt seinen Oberkörper zur Seite, um in ihren Blick zu geraten, lächelt sie an, als sie ihm in die Augen schaut, fast erschrocken ist, daß sie so fern war. »Ich werde Ihnen von mir natürlich auch noch erzählen ... falls Sie das überhaupt interessieren sollte.« Während der letzten Worte hat er seinen Oberkörper nach und nach wieder in eine normale Sitzhaltung gebracht, ihren Blick dabei geradezu festgehalten, sie mitgezogen. Sie schaut ihn an.

»Also bitte, ich bin jetzt endlich still.«

»Ich sagte schon, ich bin zweiundvierzig Jahre alt«, sie überlegt angespannt, was sollte sie ihm noch sagen, diesem eigentlich Fremden, der sie relativ gut zu kennen scheint, schon viel über sie nachgedacht haben muß und sie jetzt erwartungsvoll beobachtet, warum ist er so ungewöhnlich aufmerksam.

Ich schaue ihn trotzdem an, denkt sie und spricht weiter,

als hätte sie gar keine Pause machen müssen. »Ich habe einen Hund, einen Setter namens ›Jean‹ ... und, und ich bin gerne alleine ... und ich liebe das Meer.«

Die Kellnerin läuft am Tisch vorbei. Sie sieht ihr nach.

»Sie sind schon fertig?«

Was würde die Kellnerin reden, denkt sie sich und sagt ruhig: »Was soll ich noch erzählen?«

»Es gibt doch so viel im Leben eines Menschen.«

Sie überlegt, bis er sie plötzlich fragt: »Darf ich mir eine Ihrer Zigaretten nehmen?«

»Aber natürlich.«

Als er sich die Zigarette anzündet, spricht sie weiter, nutzt, daß er nicht auf sie schaut.

»Ich bin arbeitslos ... Aber deshalb, und das können Sie mir glauben, bin ich nicht zu bedauern. Es geht mir nicht schlecht.«

Er schaut sie wieder an, zieht leicht an seiner Zigarette.

»Es geht mir wirklich nicht schlecht. Denn alleine sein, das kann ich, das macht mir nichts aus, aber das hatte ich ja schon gesagt.«

»Zu viel alleine sollte man aber nicht sein. Das bekommt keinem Menschen.«

»Mir schon.«

»Ich weiß nicht, ob ich das jetzt so sagen kann, aber ... ach hier, trinken wir erst noch einmal einen Schluck.« Und sie stößt ihr Glas mit seinem zusammen.

»Prost, als wir uns kennenlernten, als wir damals das erste Mal miteinander sprachen, können Sie sich noch daran erinnern?«

»Natürlich kann ich mich noch daran erinnern«, antwortet sie sofort und spürt, daß er auf irgend etwas, ihr Fremdes zu sprechen kommen wird, dreht sich kurz zur Straße, als hätte sie von dort etwas irritiert.

»Damals«, er sieht jetzt in sein Glas, achtet nicht auf sie, schaut dann aber doch plötzlich wieder auf. »Damals, da hatte ich das Gefühl, daß wir zwar, wenn man so will, wirklich falsch verbunden waren, daß Sie aber eigentlich, und verstehen Sie mich jetzt bitte nicht falsch, und es muß ja auch gar nicht richtig sein, was ich damals fühlte, daß Sie eigentlich sogar mit dem Nichts hätten sprechen wollen.«

»Das verstehe ich jetzt nicht.«

Sie sieht ihn ernst an, trinkt Champagner, setzt das Glas mehrmals an, trinkt immer wieder, bis es leer ist, sagt: »Ich möchte bitte noch eins.«

»Ja gleich, ich bestelle gleich eins. Ich möchte jetzt nur noch kurz etwas sagen, zu dem Vorherigen, ich möchte den Gedankenfaden nicht verlieren. – Ich sage es mal anders.«

Sie hält sich an dem leeren Champagnerglas fest, beobachtet ihn, der an seiner Krawatte zupft.

»Aber bitte, ich möchte Sie auf gar keinen Fall durch etwas Abwegiges verletzen. Ich hatte damals den Eindruck, und eigentlich, wenn ich ehrlich bin, glaube ich es auch jetzt noch, Sie hatten meine Nummer nur durch einen Zufall gewählt. Ich hätte auch jeder andere sein können.« Und er spricht dann ruhig, fast rhythmisch weiter. »Sie wollten einfach nur mit jemandem reden«, zieht an seiner Zigarette und sieht sich nach der Kellnerin um, sieht sie und ruft: »Noch ein Glas Champagner bitte.«

Sie überlegt angespannt, spürt einen Druck an ihrem Hals, aufsteigende Atemnot, faßt an den Kehlkopf, zieht ihre Bluse von dort etwas zurück, atmet tief durch, blickt wieder kurz zur Straße. Die Kellnerin stellt vor ihr schon das neue Glas Champagner ab.

Sie trinkt hastig einen großen Schluck.

»Das klingt gut ... aber ... aber, es war nicht so.«

»Schade.«

»Wieso schade«?

Sie ist plötzlich wieder interessiert, ihre Atemnot läßt etwas nach; sie holt tief Luft, der Druck am Kehlkopf ist geringer geworden.

»Wenn es so gewesen wäre, wie ich es eben gesagt hatte, dann, ja dann, dann wäre unsere Beziehung ganz ungewöhnlich klar. So durch und durch klar, und lachen Sie jetzt bitte nicht, ja fast rein, fast göttlich rein.

»Fast rein?« Sie lächelt.

»Ja, wäre sie tatsächlich rein, total rein, dann, dann wäre sie auch ohne Erotik. Ohne einen jeden Hauch von Erotik.«

Sie zündet sich erneut eine Zigarette an, ohne zu bemerken, daß er ihr dabei gar kein Feuer reicht, daß er sie lauernd betrachtet, wie von jemandem hypnotisiert, von unsichtbarer Hand gehalten.

Sie hält sich das Feuerzeug an die Zigarette, zieht Rauch ein. »Sie denken wohl viel über so etwas nach?« Atmet in seine Richtung aus.

»Schon ... Frauen sind wohl das Faszinierendste und das Erotischste, was es gibt.«

Sie drückt ihre Zigarette aus, drückt lange auf ihr herum, greift nach der Schachtel und will sich eine neue anstecken. Schnell gibt er ihr Feuer. Bereitwillig reckt sie ihm ihren Kopf entgegen, die Zigarette im Mund, hält sie mit zwei Fingern, hört das Klicken des Feuerzeugs, sieht die Flamme, zieht Luft in sich hinein, spürt den warmen Rauch, wie er sie diesmal beruhigt, lehnt sich zurück. Er läßt das Feuerzeug brennen, hält es nahe vor seine Augen, schaut in die Flamme, macht es dann urplötzlich aus, richtet seine Augen wieder auf sie.

»Wie denken Sie darüber, Solveig?«

»Über Frauen? Oder über Männer?«

»Wie Sie wollen.«

Sie setzt sich ihre Sonnenbrille auf.

»Es tut mir leid, aber mir scheint die Sonne genau in die Augen, dort hinter Ihnen, in einer Scheibe, spiegelt sie sich, ich kann Sie gar nicht richtig sehen. Aber ich hoffe, daß Sie das nicht stört, wenn ich die Brille aufhabe.«

»Nein, überhaupt nicht.«

»Wo waren wir eben stehengeblieben?«

»Wie Sie über Frauen oder Männer denken.«

»Ah ja. Ich sage es mal so ... wenn man eine Zeitlang mit Männern zusammen war, dann braucht man sie bald nicht mehr. Man wundert sich dann eines Tages auf einmal nur, daß man mit ihnen schlafen konnte ... ja es sogar vielleicht einmal wollte. Es fehlt einem nicht. Es fehlt einem überhaupt nichts ... Bruno!«

Er schweigt. Sie blickt ihn an, blickt lange auf ihn, sieht, wie hilflos er geworden ist, wie er um sich schaut, ins Café, auf die Straße hört, einem Gast hinterherschaut, der gerade fortgeht, als würde er ihn kennen, hört, wie er dann zögernd fragt: »Sehen wir uns wieder?«

Wie ein Stromstoß durchzuckt es sie, diese Frage, jetzt, von ihm, das hatte sie so niemals gewollt. Sie greift nach ihrem Glas, trinkt, ringt um Gelassenheit, trinkt noch einmal, sieht, wie er den Kopf gesenkt hat, auf den Boden blickt, fühlt endlich erste Worte, die sich bilden in ihr, wie von Helfershand, wie sie sich verknüpfen, kann endlich sprechen, sagt: »Sie sind doch hier.« Sagte die Worte gelöst, ist Gott sei Dank zufrieden, wie sie tönten, die Worte, was sie ausdrückten, wartet.

»Trotzdem frage ich noch einmal: – Sehen wir uns wieder?«

»Wollen wir ans Meer fahren?«

Er ist überrascht, sieht sie wieder an.

»Jetzt? Gleich?«

»Sind Sie mit dem Wagen hier?«

»Nein.«

»Wir können mit meinem fahren.«

»Ihre Hemmungen sind sehr erotisch. Mit Ihren Hemmungen sind Sie so schön ... wie ...«

»Meine Hemmungen?

Sie sieht ihn, den sie jetzt nicht mehr wiedererkennt als den von vor nur zwei Minuten, hört, wie er sagt, samten sagt: »Ihre Stimme ist auch schön«. Sie zieht ihre Brille etwas herab, sieht ihn immer noch an, wie er ihr entgegenblickt, und schiebt sich die schwarzen Gläser wieder vor ihre Augen.

»Und was gibt es noch, was schön ist an mir, außer meinen Hemmungen«, fragt sie.

»Ihre Macht.«

Sie lächelt und erhebt sich von ihrem Stuhl, legt einen Geldschein auf den Tisch und winkt der Kellnerin. Er betrachtet den Schein und steht ebenfalls auf, blickt um sich, zweimal, folgt ihr, mit den Augen auf ihrem Rock, unterhalb der Jacke, wie der Stoff sich eng um die Oberschenkel spannt, sieht zu, wie sie läuft, die hohen Schuhe setzt, hört, wie sie grenzenlos tönen auf den bunten Betonplatten.

»Ich wünsche mir aber vorher etwas.«

»Ja, was denn?«

Neben ihr, im Auto, sitzt er und schaut zu, wie sie das Steuerrad dreht, mehrmals hin und her drehen muß, um aus der Parklücke zu kommen. Er schnallt sich an.

»Sie müssen mir versprechen, daß Sie, bevor wir am Meer angekommen sind, gar nichts mehr zu mir sagen. Ist Ihnen das möglich?«

Er lächelt, was sie nicht sieht. »Kein Problem«, lächelt wieder, hatte wohl ein schwierigeres Anliegen erwartet.

Sie hat es geschafft, ist aus der Lücke, sieht auf die Straße, nach hinten, dreht sich zurück, fährt sacht los.

DIE Luft ist klar. Es ist angenehm lau, lang liegt der Schatten des BMW vor ihr, auf dem Feldweg. Verstreut Kiefernnadeln, vom Seewind hergetragen, im spärlichen Gras haben sie sich verfangen.

Aus dem Auto schallt Klaviermusik von Bach.

»Na kommen Sie doch! ... Wir sind da.«

Er schaut sie aufmerksam an.

»Darf ich wieder sprechen?«

Sie wartet.

Er schnallt sich ab.

Sie beugt sich ins Auto, macht die Musik aus.

»Sie dürfen.«

Sie schlägt ihre Tür zu, winkt ihm. »Na kommen Sie doch ... hier entlang.«

Sie hat sich zur Düne hingedreht, hört, wie er die Autotür zuschlägt, wie er, hinter ihr, auf sie zukommt, obwohl sie jetzt schon läuft, hört, daß er sie einholt und wie er sagt, fast an ihr: »Es ist schön hier, wirklich schön hier.«

»Ja, nicht wahr«, sie spürt, daß sie glücklich ist. »Hier bin ich oft, manchmal stundenlang.« Sie bleibt stehen, schaut ihn an. »Und: sonst immer alleine.«

Er blickt um sich, wach, prüfend.

Kein Mensch, außerdem, ist da.

»Sehen Sie, dort liege ich sonst.«

Sie steht an ihrer Kuhle. Die Hackenschuhe in der Hand, sieht sie auf das Meer hinaus. Flach liegt es da, still, riecht stark.

Sie schaut in den Himmel. Schwalben fliegen vergnügt rufend vorüber, Uferschwalben, die ihre Nester, einige hundert Meter weiter, in ein kurzes, nicht sehr hohes Stück

Steilküste unermüdlich in die lehmige Erde hineingebaut haben.

»Sie können sich ruhig draufsetzen.«

»Mein Gott, haben Sie mich erschrocken, entschuldigen Sie, aber ich hatte gerade den Schwalben bei ihrem Flug zugesehen.«

Sie bemerkt, daß er sein kaßlerrotes Sakko in die Kuhle gelegt hat, sieht, daß es grünes, glänzendes Futter hat, stechend grün, obwohl es hell ist.

Er steht neben ihr.

Sie setzt sich auf das Sakko, schaut zu ihm hoch.

»Nein, das macht nichts, bleiben Sie ruhig sitzen.«

Er setzt sich neben sie in den Sand.

Sie sucht ihre Zigaretten, nimmt sich eine aus der Schachtel, vermißt Feuer.

»Bekomme ich auch eine?«

»Sie rauchen?«

»Aber ja, ich habe doch im Café auch schon geraucht.«

Sie hält ihm die Schachtel hin und er zieht sich eine Zigarette heraus, bewegt sich dann unerwartet noch weiter nach vorn, um etwas in seinem Sakko zu suchen. Sie rückt ein wenig von ihm weg, sieht zu, wie er die Taschen durchkämmt, spürt, wie er sie dabei, mit seiner Schulter, am Oberarm berührt, wie er für Sekunden merkwürdig träge wird, in der Berührung verharrt, wie verhaftet mit ihr, bis er sich endlich wieder löst, weil er das Feuerzeug fand, es anmacht und ihr Feuer gibt, ihr dabei wieder näher kommt, aber nicht so lange, und anders als Sekunden vorher, sich dann wieder gerade hinsetzt und sich die Schuhe auszieht.

Das Feuerzeug hat er in eine Hosentasche gesteckt.

Er sieht sie an.

Sie riecht den Schweiß seiner Strümpfe, zieht Zigarettenrauch weit in sich hinein, blickt auf das Meer, sieht die Sonne, wie sie dem Horizont, als täte sie es eiliger als sonst, immer näher kommt.

»Erzählen Sie doch weiter.«

»Ich glaube, ich habe nichts mehr zu erzählen. – Was hatte ich eigentlich zuletzt gesagt? Ich weiß das gar nicht mehr.«

»Sie hatten über Männer gesprochen.«

»Über die Männer?«

Sie führt sich eine Hand an die Stirn, denkt nach, spürt, daß sie nicht reden will über das, was er fragt, drückt sich die Fingerspitzen noch fester auf die Stirn, rückt etwas von ihm ab.

»Ja, darüber, daß Sie ... keine brauchen, darüber, daß Sie Ihnen überhaupt nicht fehlen.«

»Ach ja? Ja und? Glauben Sie mir nicht?«

Sie sieht ihn an. Er schweigt, blickt auf das spiegelglatte Meer hinaus, hat seine türkisfarbene Krawatte etwas geöffnet, einen Hemdknopf, dichtes, dunkles Kraushaar quillt hervor, mehrere graue darunter.

»Das haben Sie sich aber genau gemerkt.«

»Nun, ich glaub's Ihnen nicht.«

Er sieht wieder zu ihr, läßt seinen Oberkörper seitlich in den weichen Sand fallen, auf sie zu. Sie blickt auf seinen Kopf hinunter, auf seine gescheitelten Haare.

»Warum denn nicht?«

Er antwortet nicht. Nach Sand hat er gegriffen und läßt ihn vorsichtig aus der Hand rieseln. Sie zieht an ihrer Zigarette. »Ach wissen Sie, ich denke, wir sollten dieses Thema einfach ruhen lassen. So wichtig ist es auch gar nicht.«

Er drückt seine Zigarette im Sand aus, blickt wieder aufs Meer hinaus, spricht eigentümlich langsam. »Ich finde das Thema eigentlich nicht uninteressant.«

Er rückt etwas näher an sie heran. Nur Zentimeter, aber sie spürt es haargenau, sieht um sich. Sieht hinter sich die Windflüchter, abgekehrt sind sie von ihr, von ihm? Wie einst im Frost erstarrt, heute plötzlich wie auf der Flucht.

Vor ihr das glatte Meer, über ihm Stille, die sie so unendlich und leer noch niemals vorher erlebte.

»Aber Solveig, haben Sie doch bitte keine Angst.«

»Wie kommen Sie nur darauf, daß ich Angst hätte, ich habe keine Angst.«

»Natürlich haben Sie Angst. Sie haben plötzlich eine Heidenangst, und dann auch noch vor mir, und brauchen vor mir überhaupt keine haben ... Eigentlich brauchen Sie nur etwas, in Anführungsstrichelchen, Hilfe. – Wir kennen uns doch schon so lange ... Sie brauchen doch vor mir keine Angst zu haben, Sie können mir doch vertrauen.«

Er rückt wieder etwas von ihr ab.

Sie zündet sich eine Zigarette an, bläst den Rauch aus.

»Es stimmt einfach nicht, was Sie behaupten: Wie ich schon sagte, ich habe keine Angst.« Sie findet die Kraft, ihn anzusehen. »Erzählen Sie doch jetzt lieber mal etwas von sich. Das würde mich interessieren.«

Er überlegt.

»Von mir!? Was soll ich Ihnen da erzählen. – Nun gut ... geben Sie mir mal bitte Ihre rechte Hand, ja?«

Sie zögert. Jetzt, hier, nur keine Angst zeigen, denkt sie, hält ihm ihre rechte Hand rasch entgegen, sieht, wie er sie mit seinen Augen wach fixiert, wie er sie dann mit seiner Hand umklammert. Sie erlebt das, als würde seine Hand weit vom

Meer kommen: aus dessen Tiefe und dann auch noch durch die leblose Stille darüber. Sie senkt den Kopf und muß die Augen fest schließen.

»Lassen wir einfach die Hände sprechen ... Sagen Sie es mir: ist das nicht angenehm?«

Sie spürt die große, fleischige Hand, ihren aufströmenden Druck, spürt, daß er ihr wieder näher rückt, daß sein Kopf schon ihrem nahe sein muß, riecht Rasierwasser neben dem Schweiß seiner Strümpfe, fühlt sein Sakko unter sich, die Düne unter ihm, den kalten Sand um ihre Füße, in den sie sich inzwischen weit hineingebort hat, hört, wie er leise raunt: »Sagen Sie, wenn es Ihnen unangenehm ist.«

Ins Dunkel spricht sie. »Es ist nicht unangenehm.«

Wieso sagte sie das.

Sie spürt, wie seine zweite Hand in ihren Ausschnitt dringt, wie sie sich unabwendbar ihrem Busen nähert. Wie kriechend er es tut, wie sich die Hand unter den Büstenhalter drängt, wie er seine starren Finger auf ihre Brust drückt und wie er ihre andere Hand losläßt und auch mit dieser unter die Bluse fährt. Sie spürt, wie Knöpfe abreißen, und hört dabei, wie er leise sagt: »Sehen Sie, es ist angenehm ... Und es ist nicht wie ›nichts‹.«

Sie spürt eine völlige Lähmung, öffnet die Augen. Tränen laufen ihr über die Wangen. Sie sieht auf das Meer. Sie spürt, daß er ihr die Jacke weiter aufknöpft, hört Worte, die von ihr sein müssen, die um sie da sind, als stünden sie in der windstillen Luft. »Bitte nicht«, hört noch einmal: »Bitte nicht«, spürt, wie er ihr die Jacke auszieht, wie ihr die Arme danach willenlos auf den Sand fallen, fühlt, wie er sagt: »Sie brauchen keine Angst zu haben, und vor mir schon gar nicht«, ihr dabei den Rock auszieht. Als ihr Körper nach hinten kippt, springt sie auf, doch er kann sie an einem Bein fassen und zerrt sie am Boden zurück in die Kuhle.

Sie winselt.

»Nun hab' dich doch plötzlich nicht so. Du hast doch gesagt, daß wir uns treffen müssen, daß wir hierher fahren sollten. Bist du verrückt, oder was? – Es war doch Ihr Vorschlag . . .!«

Er zieht ihr die Strumpfhose von den Beinen, als wären es seine.

SIE wendet sich langsam auf die Seite.

Sie hat Sand im Mund, spuckt aus, weint leise, spuckt noch einmal aus, sabbert.

Jetzt sieht sie ihn. Er steht im Gegenlicht, nicht weit von ihr, knöpft sich seine Hose zu.

Sie muß Blut im Speichel haben, spuckt wieder aus. Sie will ihn nicht sehen, schließt wieder die Augen, dreht sich auf den Bauch.

»Jetzt fühlen Sie, daß Ihnen etwas gefehlt hat, und sagen Sie bitte nicht nein, Sie brauchen sich nicht schämen. – Darf ich jetzt endlich du zu dir sagen, Solveig?«

Sie weiß nicht, was er ihr sagt. Als sie hört, daß er geht, öffnet sie ein wenig die Augen, gerade fliegen vor ihr mehrere Möwen vorüber, schreien, gackern.

Sie sieht, daß er auf das weit entfernte Ufer zugeht, sieht, wie er sich plötzlich im Gehen nach und nach auszieht, sämtliche Sachen nackt auf einem Arm mit sich trägt, bis er ans Wasser kommt, und sie dort akkurat ablegt. Dann steigt er ins Meer, zögert einen Moment und läuft bald schon immer tiefer in das Wasser hinein, bis zur Brust, taucht dann völlig ein und schwimmt, schwimmt weiter und weiter hinaus.

Zwei Schwäne treiben nahe an ihm vorbei.

Die Sonne ruht massiv über dem Horizont.

Sie steht auf, zieht ihren Rock herunter, der ihr, wie ein zu dicker Schal, um die Taille hing, eingerissen ist er.

Sie sammelt die restliche Kleidung auf, schwankt, will zum Auto, nimmt nichts mehr wahr, weint nicht. Sieht die Schwalben nicht, die über ihr hin und her fliegen, auf Jagd nach Futter, im schweren Abendsonnenlicht.

MODERGERUCH von Algen.

Sie kniet auf einem winzigen Flecken Strand von unzähligen weißen, zerbrochenen Muschelschalen, eingekeilt zwischen riesigen Steinen, die, teils von der tiefstehenden Sonne angestrahlt, gedämpft farbig schimmern. Der eine ragt wie eine massige Stele mindestens zwei Meter in die Höhe. Wo die Sonnenstrahlen auf ihn treffen, scheint er wie Herbstlaub, welches mit seinen letzten Farben noch einmal kurz aufschreien will. Der andere, im Schatten, der eher etwas oval ist, aber auch zirka zwei Meter im Durchmesser mißt, ist tiefblau, an manchen Stellen schwarz.

Sie senkt den Kopf tiefer, hält ihr Gesicht dem Meer entgegen, als wolle sie sich darin spiegeln, spritzt sich bald immer wieder mit beiden Händen Wasser ins Gesicht, reibt es mittendrin hin und her, um sich darauf wieder erneut zu bespritzen, reibt abermals, spukt immer wieder auch noch Spuren von Blut. Schlierig schwimmt ihr Speichel im Wasser hin und zurück, neben Erbrochenem.

Sie trägt ihren Trenchcoat. Alle Knöpfe sind zu, der Gürtel eng um den Körper und fest verknotet, der Kragen hochgeschlagen. Die Ärmel des Mantels sind bis über die Ellenbogen durchweicht.

Sie hört mit dem Waschen des Gesichts auf, kniet auf den Muschelschalen und schaut in das flache Wasser. Sie klettert auf einen der riesigen Steine, zwischen denen, in jeder Richtung des Ufers, bis in die Ferne, über und über unzählig viele, verschieden große, meist aber eher kleinere liegen.

Sie sitzt auf einem der größeren, rund ist er und voller rauher Algen.

Zusammengekauert blickt sie auf das Meer.

Sie sieht jetzt, wie die Sonne vollends im Meer versinkt.

Sie spürt, daß sie friert.

Sie steht auf und will gehen, spürt einen Hauch einer Kraft, die ihr fremd ist, die sie antreibt.

Landeinwärts dunkles Gesträuch, von hohen Bäumen durchsetzt: Zu einer Wand ist die flache Steilküste hier zugewachsen, unwegsam; dichter Dschungel.

SIE steht in ihrer finsteren Wohnung und frottiert sich die Haare. Sie glaubt, es ist stiller als sonst. Neben ihr steht Jean. Sie streichelt ihn.

Sie zündet sich einen Joint an. Im flüchtigen Feuerschein leuchtet ihr weißer Morgenrock. Sie spürt, wie gut ihr das Weiß tut, das weiche, seidene Weiß, nach dem stundenlangen Duschen: als hätte sie eine frische Haut.

Sie tastet nach dem Telefonapparat, greift den Hörer, führt ihn sich langsam ans Ohr. Rufzeichen – wieder Rufzeichen, immer wieder Zeichen, als würden sie lauter.

Sie tippt Ziffern ein, faßt nach Jean, wickelt sich eines seiner Ohren um einen Finger.

»Ja ... Hallo? – Hallo, wer ist denn da?«

Sie schweigt.

»Hallo«, meldet sich nochmals die greise, männliche Stimme, als taste sie sich nur in die Nacht, erstaunt und zur gleichen Zeit auch ängstlich.

Sie legt auf, streichelt wieder Jean.

Sie starrt ins Dunkel, drückt den Joint aus.

SIE hört ins endlos tiefe Treppenhaus, wartet, bis das Licht ausgeht.

Vorsichtig läuft sie vor die Tür von Laura, lauscht in deren Wohnung hinein. Kein Geräusch. Sie will klingeln. Aus dem Fahrstuhlschacht abgrundtiefes Rumoren, weites Klopfen, Hallen.

Jean ist neben sie getreten, stößt seinen Kopf sanft gegen ihre linke Hand. Sie geht zu ihrer Wohnung zurück, schließt von innen vorsichtig die Tür.

5
Im Fluß der Wellen

Zwischen Bars, winzigen Kinos, Sexclubs.
Sie fährt sehr langsam, niemand hetzt hinter ihr. Laut hört sie die Stimme von Maria Callas, die sich in ihrem Wagen staut: wieder Norma.

Sie sieht um sich, stoppt den Wagen, fährt weiter. Dann und wann sehen Huren zu ihr, dicht an das Auto getreten, sehen gelangweilt wieder fort, aufwendig vorwurfsvoll. Eine lächelte, sie hatte langes blondes Haar, bis an die Taille. Keine von ihnen vernahm etwas von der Musik, die sie hört. Sie spürt die Entfernung des Draußen weit, schaltet die Musik ab.

Sie sieht eine Parklücke und fährt rückwärts hinein, macht den Motor aus.

Sie senkt den Kopf. Buntes Lichtgewirr flackert über ihre Jeans. Wortfetzen, Motorengeräusche. Sie hört ein Lachen, das wie auf riesigen Flügeln nackt durch die bunte Nacht schwebt, jäh abreißt, wie von einem Blitz eines unahnbaren, fernen Gewitters getroffen.

Sie greift nach ihrem Trenchcoat, der auf dem Nachbarsitz liegt, dreht das Fenster hoch und zieht sich im Sitzen den Mantel an, knöpft ihn zu, verknotet den Gürtel.

Sie blickt in den kleinen Rückspiegel, erkennt ihre Augen kaum, greift in eine der Manteltaschen, fühlt ihr Portemonnaie, streichelt mit den Fingerspitzen über die prallen Schuppen des Krokodilleders, sieht sich noch immer in die Augen, hört, wie ihr Herz laut klopft, ihre Halsschlagader bebt, umfaßt das Portemonnaie kräftig und noch fester, läßt es wieder los und kann dann endlich aussteigen.

Sie sieht um sich, ins Lichtermeer; wird fortgerissen, schwebt.

SIE spürt, daß sie nicht beachtet wird. Nur minimal kurz von dem Mann hinter dem Tresen, vor dem sie jetzt angekommen ist und der nun gerade Gläser putzt. Sie schlägt den Mantelkragen zurück und steigt auf einen der vielen Hocker, beobachtet den Mann, der nun einen der wenigen weiteren Gäste außer ihr einige Meter neben ihr bedient. Sie sieht sein ruhiges Bewegen, wie er seinen großen, schweren Körper dem einzelnen Gast sparsam entgegenbeugt, als stünde er auf einer Bühne, vor Hunderten von Zuschauern, als könnte ein jeder der vielen, die ihm andächtig folgen, unter der Sparsamkeit seines Tanzes lesen und ahnen, was aber nur er wissen kann, sie aber doch spüren sollen: Ich bin gefährlich wie eine Viper, die jedoch in einem Jaguar als Mensch lebt.

Er sagt nichts, schenkt dem Gast irgend etwas nach, ohne ihn anzusehen. Grazil hält er die Flasche in der Hand, neigt sie nach unten. Straff spannt sich sein weißes Hemd um Schulter und Oberarmmuskulatur.

Er tritt von dem Gast zurück und stellt die Flasche ab, sieht zu ihr, fragend, kommt auf sie zu, als hätte sie ihn lautstark gerufen, als hielte die Bewegung immer noch an, seitdem er begann, seinen Tanz, als sie kam und sich setzte, schaut sie an.

»Ich hätte gerne ein Glas Champagner.«

»Ein Glas Champagner.«

Schnell hat er ihr ein Glas gefüllt, galant, stellt es ab, vor ihr, schaut sie wieder an, Sekundenbruchteile nur, und greift nach einer Zigarettenschachtel, die vor ihm lag, zündet sich eine an. Glanz liegt auf seinen dunklen, gestriegelten Haaren, die an seinem Hinterkopf, über dem massigen Nacken, in einem Pferdeschwanz zusammengebunden sind. Er stößt den Rauch aus, gemächlich, seitlich nach unten.

Sie trinkt in einem Zug ihr Glas aus.
»Ich hätte gerne noch einmal dasselbe.«
»Noch ein Glas Champagner.«
Der Mann reicht ihr ruhig ein neues Glas, nimmt vorher das leere fort, stellt es ab, will danach gehen, hat seine Zigarette vergessen.

»Dürfte ich Sie etwas fragen?«
Der Mann hält nach nur einem Schritt inne, wendet seinen Kopf und sieht sie an, ernst, ohne eine jede Regung. Wie still er sein kann, wie leicht, wie vertraut, denkt sie.
Er greift nach der vergessenen Zigarette.
»Aber nehmen Sie es mir bitte nicht übel, wenn Sie der Falsche sein sollten. Ich meine, für die Frage.«
Sie zwingt sich zu lachen.
Er lächelt kalt, hat sich vollends zu ihr gedreht, tritt näher auf sie zu, bewegt sich einen Hauch anders plötzlich als vorher, ohne den früheren Ausdruck seines Gesichts verändert zu haben.
»Ich bin in jedem Fall der Falsche. Aber fragen Sie nur.«
Kein Minenspiel im Gesicht des Mannes.
Sie neigt sich so nah wie möglich zu ihm hinüber, stützt sich auf den Tresen, sieht kurz zu dem Gast neben sich, der aber nur vor sich hin in sein Glas hineinträumt: stiert.
»Entschuldigen Sie bitte, daß ich ...«, sie flüstert, »daß ich so direkt bin, aber ... ich brauche eine Pistole.«
Gespannt sieht sie auf den kräftigen Mann, setzt sich wieder aufrecht hin, trinkt einen großen Schluck.
Er überlegt. Er lacht, überlegt dabei immer noch. Sie spürt, daß sein Lachen gekünstelt war, daß es nicht tanzen kann, dieses Lachen. Sie spürt, daß er fühlt, daß sie ihn anschaut, obwohl er gerade an seiner Zigarette zieht, dem Rauch nachschaut, den er wieder seitlich nach unten bläst. Sie spürt, daß er es braucht, betrachtet zu werden, es genießt, daß es seine Besonderheit ist, tief zu genießen, ohne es zu zeigen.
»Ich habe keine Ahnung ... Aber wenn Sie vielleicht je-

mand umbringen wollen, dann engagieren Sie sich lieber einen Killer.«

Wieder lacht der Mann, lacht jetzt tatsächlich, lacht über seine eigenen Worte, zeigt seine weißen Zähne.

»Das kann derzeit billiger sein als eine Waffe ... und der besagte kann das viel, viel besser.«

Geschmeidig dreht der Mann seinen schweren Körper ab, geht, mit einer Flasche im Arm. Sie sieht, daß er einen Bauch hat, und denkt, daß der gut zu ihm paßt. Unbewegt sieht sie ihm nach, läßt ihr Portemonnaie wieder los, daß sie hielt und fest umspannte, als sie mit gesprochen hatte, fühlt jetzt, daß es warm wurde, unter dem Druck ihrer Finger, die schweißnaß sind.

Sie trinkt den Rest ihres Champagners und will bezahlen, zeigt ihm das, als er wieder einmal zu ihr sieht, von Ferne. Zeigt ihm das, mit der raren Bewegung nur eines Fingers, als hätte er sie schon angesteckt, als würde sie ihn imitieren, ohne es wirklich gewollt zu haben, als würde sie mit ihm tanzen wollen.

Sie schaut auf die Rechnung, das kleine Blatt Papier, das er ihr reichte, ohne ein Wort vor ihr auf den Tresen legte, wieder vollendet in jeder Bewegung. Fast fraulich kommt er ihr plötzlich vor.

»Schade, daß Sie mir nicht helfen konnten.«

Sie legt ihm das Geld hin. »Stimmt so, der Herr.«

Er greift nach dem Geld, zögert, ausgestreckt seine Hand, zehn Zentimeter etwa nur noch vom Geld entfernt, hat er sie gestoppt, läßt sie dort reglos schweben.

»Na, aber Sie sehen ja richtig traurig aus.«

Sie steigt vom Hocker und will gehen, als er ihr zuwinkt, mit der Hand nahe am Geld, die er gedreht hat, mit dem Zeigefinger nur, genau wie sie ihn rief, um zu bezahlen, und er lächelt.

»Wenn es Ihnen hilft, der Mensch ist ja so ein einmalig seltsames Wesen: mir geht es manchmal schon besser, wenn ich nur denke, daß ich mehr Geld verdiene ... also, wenn's Ihnen dadurch bessergeht, dann schreiben Sie mir doch Ihre Telefonnummer da auf einen der Zettel.«

Sie blickt den Keeper an, sanft sprach er auf einmal fast, überlegt, sieht sich um, schreibt dann.

»Vielleicht haben Sie recht.«

»Ich habe recht!«

Sie zwingt sich ein Lächeln ab, greift nach ihrem Portemonnaie, Geldschein an Geldschein liegt darin.

»So ist das Leben«, sagt er und beobachtet sie genau.

Sie legt ihm einen der Geldscheine auf den Tresen.

»Sie sollten öfter kommen.«

Sie blickt dem Mann in die Augen, ganz bei sich ist sie, kälter jetzt noch als er zu Anfang, das spürt sie genau. Dann schüttelt sie ihren Kopf und geht. Der Barkeeper sieht ihr hinterher, reglos ist er, denkt nach.

Sie läuft schnell, doch jemand holt sie ein.

»Sie brauchen eine Waffe?«

Es ist der Mann, der vorher, weit neben ihr, an der Bar saß.

»Eine Waffe ... eine Waffe? Was für eine Waffe meinen Sie?«

Sie ist erschrocken. Angst kommt in ihr auf. Verunsichert blickt der Fremde sie an, schweigt, rotes Licht liegt auf seinem feisten, alten Mädchengesicht.

»Was wollen Sie von mir?«

Sie spürt, daß sie weiter muß, zum Ausgang.

Der Fremde blickt ihr verachtend nach. Sie kann sich nicht umsehen, zum Tresen, fühlt sich gesteuert, gerät in einen dunklen Raum, erkennt schemenhaft Personen, die auf eine kleine, im Licht zuckende Videoleinwand starren, auf nackte Leiber, mit Gesichtern vermischt und Geschlechtsteilen, im Kampf, wie im Stummfilm, obwohl sie doch dieses Stöhnen vom Tod hört, diese Schattenreichweite.

Panik kommt in ihr auf, wieder ein Würgen am Hals. Sie stützt sich an eine Wand, zieht sich den Kragen vom Hals, ertastet einen Weg, im Schwindel, auf abgestorbenen Beinen, schließlich nach draußen, ins farbige Licht, an die Luft, atmet ganz flach. Sie fühlt ihre Lippen nicht, ihre Zunge ist taub, sie glaubt, daß sie erstickt, kann nicht mehr denken, findet doch den Schlüssel, die Tür, kann ihn einstecken, umdrehen, sitzt hinter dem Steuer, irgendwann danach. Wie ein Wunder ist es ihr, etwas zu hören, nach und nach zu verstehen, daß dies ein Motor ist, daß es der Motor ihres BMW ist, daß er ihr gehorcht, wenn sie Gas gibt. Vertraut wird ihr der Klang, ganz langsam.

Ein Gesicht, direkt vor der Frontscheibe.

Sie versucht zu lächeln, fährt los. Außergewöhnlich sacht.

SIE macht die Stehlampe an und blickt auf ihren Anrufbeantworter. Sieben Anrufe sind gezählt.

Jean umschwänzelt sie freudig.

»Aus jetzt«, ruft sie. »Platz!«

Jean legt sich auf den Teppich, schaut kindhaft zu ihr hinauf.

Sie setzt sich in einen Sessel, öffnet ihren Mantel und atmet tief durch, schaut dabei auf das Telefon, wartet, schaltet das Abhören der Anrufe ein, löscht die Stehlampe.

Sie hört einen Signalton, weitere, die sich aneinanderketten, zwischen denen nichts ist, außer einem Rauschen, einmal hört sie ferne Stimmen, hört, wie sich Leute unterhalten, so als fiele lärmend Schnee, versucht etwas zu erfassen, bis zum abrupten Ende, versteht aber gar nichts.

Nach dem vierten Signal setzt urplötzlich Brunos Stimme ein: »Ich möchte so gerne Musik hören, die Göttliche, die Stille, deine Anwesenheit möchte ich fühlen.«

Sie sitzt reglos da. Sie spürt, und spürt immer und immer greifbarer, daß etwas wie eine Versteinerung in sie weht, sich festsetzt, und wie dieses Wehen zum Versteinern ihr selber guttut; sehr, unglaublich gut tut.

Sie stoppt das Band und spult es zurück.

»Ich möchte so gerne Musik hören, die Göttliche, die Stille, deine Anwesenheit möchte ich hören.«

Die Versteinerung, dieser Flug von endloser Beseeltheit durch ihren Körper, der ihr niemals begegnete, bis zu diesem Augenblick, der es ihr möglich macht, nichts zu empfinden als nur einzig diesen Flug, ganz klar ihn, der setzte sogleich wieder ein, mit den Worten: »Ich möchte so gerne Musik hören, die Göttliche, die Stille, deine Anwesenheit möchte ich hören.«

Sie spult das Band noch einmal zurück und macht das Licht an, schickt Jean aus dem Raum, zieht sich den Trenchcoat aus, wirft ihn irgendwohin und stellt sich vor das Telefon: völlig aufrecht, schaltet den Anrufbeantworter wieder ein und steckt beide Hände tief in die Hosentaschen. Sie blickt auf den Apparat hinunter und hört wieder: »Ich möchte so gerne Musik hören, die Göttliche, die Stille, deine Anwesenheit möchte ich fühlen.« Während sie den Worten lauscht, hebt sie den Kopf an, tritt vor einen Spiegel und sieht hinein. Schön ist sie, spürt sie, erkennt sie deutlich.

Da aber erschallt das nächste Anrufsignal: wieder nichts, auch nach dem folgenden. Dann aber, nach dem siebten, sie blickt gespannt zum Telefon hinüber, da spürt sie plötzlich eine andere Form der Leere, fühlt eine Spannung im Nichts, ein wenig einer fremden Klarheit.

Sie läuft schnell zum Telefon, fühlt, daß dieses reine Nichts, so wie es begann und sich deutlich erhielt, bis jetzt, nicht einfach wieder in sich enden kann. Sie ist hellwach, ist nun neben dem Telefon, hat sich vorsichtig gebückt, ihren Kopf nahe am Apparat.

Sie hört eine fremde, männliche Stimme, klare, leise Stimme: »Ich melde mich wieder.«

Sie hört sich den Satz immer wieder an, spürt immer wieder dieses unsäglich Allgemeine in der Stimme, und doch, und sie bemerkte es sofort, auch, und je öfter sie sich die vier Worte anhört, immer wieder anhört – »Ich melde mich wieder« –, es setzt sich auch etwas Besonderes mehr und mehr in den Vordergrund und verdrängt das vorher so entsetzlich Allgemeine. Wieso diese Behutsamkeit, natürlich ist es Behutsamkeit, fast sakrale Rücksicht, sagt sie sich.

Sie stürzt zu ihrem Handy, hört auch das ab, und auch hier verfolgt sie die Worte: »Ich melde mich wieder«, verfolgt die Worte, als würde sie sie erstmals hören. Und doch sind sie ihr auch schon so unermeßlich vertraut.

Sie tritt an ein Fenster, schaut hinaus, gleißend die Skyline.

Polizeisirenen, lang schallen sie zum Himmel.

Sie schweift mit dem Blick an den Rand der riesigen Stadt, in der Ferne der breite Wall der noch höheren Häuser, heute erkennt sie die himmelhohen Bauten wie lange nicht mehr. Klar das Funkeln der vielen, unglaublich vielen Fensterpunkte. Es verbindet sich mit den Sternen. Mein Gott, so unendlich viele Menschen, denkt sie.

Sie umklammert das Handy.

LICHT des Morgengrauen auf ihrem Gesicht.

Sie öffnet erschrocken die Augen, sitzt im Sessel, trägt den Morgenmantel, schaut verwundert an sich herab. Sie bemerkt die Telefone, bückt sich nach ihnen und greift beide Apparate. Sie wendet ihr Gesicht zum Fenster, fühlt Schmerzen im Nacken, sieht im Raum weiter um sich herum. Der Trenchcoat liegt neben ihr am Boden. Sie steht auf. Auch der Körper tut ihr weh. Sie geht in das Schlafzimmer, stellt die Telefone neben ihr Bett.

Sie zieht sich den Morgenmantel aus, wirft ihn über einen Stuhl, von dem er abrutscht, auf den feuerrotblauen Teppich fällt.

Sie hat ein helles Nachthemd an.

Sie legt sich ins Bett, stellt die Telefone noch näher zu sich, schaut lange auf sie, greift beide noch einmal und legt sie neben sich auf das Laken, vor ihre Stirn, deckt sich zu, bis über den Kopf.

Es klingelt an der Wohnungstür.

Sie wirft sich herum, schreckt in die Höhe. Sonnenlicht auf ihrem Deckbett und den Apparaten.

Sie wartet, eine Hand zitternd auf einem der schweigenden Telefone, warm ist es.

Sie schaut durch den Spion und sieht Laura, öffnet die schwere Wohnungstür. Sie weiß nicht, was sie ihrer Nachbarin sagen soll.

Sie riecht Blumenduft.

»Hallo.«

»Hallo, du hast mich geweckt, ich habe wirklich bis eben geschlafen.«

»Entschuldigung, aber ich wollte eigentlich nur fragen, ob Sie, ich meine, ob du, ob du irgend etwas brauchst? Ich gehe jetzt einkaufen. – Und die Blumen hier, die wollte ich dir schenken.«

Laura reicht ihr einen kleinen Strauß Freesien.

»Ich danke dir, aber ich brauche heute nichts.«

»Gar nichts? Und Jean, war er schon draußen?«

Sie spürt eine kolossale Entfernung, einen Wunsch, die Tür schnell wieder zu schließen, tritt einen Schritt zurück, schiebt die Tür etwas nach vorne, bemüht sich, freundlich zu sein.

»Laura, es tut mir leid, aber ich bekomme gleich Besuch.«

»Sie? – Besuch?«

Laura ist verwundert.

»Ja wirklich, und ich muß mich noch umziehen, du siehst ja.«

Langsam zieht Laura ihren Kopf weiter vom Türspalt zurück, enttäuscht will sie gehen. »Solveig, ich wollte dir auch noch sagen, es war schön neulich abend.«

Sie streicht ihrer Nachbarin zerstreut über das Haar, wie einem Kind. Sie fühlt dabei nichts.

Laura blickt sie aus großen Augen an und geht.

Sie verschließt eilig die Tür, bleibt dahinter stehen. Langsam dreht sie sich vom Eingang weg, schaut in ihren Korridor, in einem der Räume dahinter läuft Jean vorbei, wie ein Zirkuspferd setzt er die Beine.

Sie schließt die Augen, und hört ewig in die Wohnung hinein.

STARKER, stickiger Modergeruch vor der klaren Ferne. Spiegelglatt ist das Meer, die Stille heute wie Gesang.

Sie sitzt auf einem der großen Steine, auf einer mit gelbbraunen Karos gemusterten Decke, sieht zum Horizont. Grausam feine Federwolken ketten sich an ihn.

Sie greift nach ihrem Handy, wählt.

»Hier meldet sich der Anrufbeantworter von Solveig Anderson. Leider bin ich im Moment nicht zu erreichen. Sprechen Sie mir nach dem Signalton bitte auf das Band. Ich melde mich auf jeden Fall so schnell wie möglich bei Ihnen. Danke!«

Sie ist enttäuscht, hört ins Sonnenlicht; lauscht in den Stein. Ein Beckenknochen schmerzt ihr.

Möwen über ihr kreisen hektisch, sind gleich wieder fort.

Sie raucht einen Joint, liegt auf dem Rücken, das kleine Telefon zwischen den Fingern der anderen Hand.

Zeit vergeht.

Sie spürt, daß es kühler wird, legt einen Teil der Decke über sich, kann sich kaum bewegen auf dem immer härter werdenden Stein.

Das Handy liegt zwischen Kinn und Brust vor ihr.

Als es läutet, läßt sie es mehrere Male geschehen, hält sich den Apparat vor ihre Augen, schwelgt in dem Läuten, den Blick jetzt in den blauen wolkenlosen Himmel, hinter ihr weiß sie das glatte Meer.

»Ja ...«

»Ich melde mich wieder.«

Sie hört die klare, fremde Stimme aus der vergangenen Nacht.

»Sie sind dran?«

»Ja.«

»Ja, ja ... ich ...«

Sie wirft den Joint weit weg, in das Wasser.

»... Sie hatten schon einmal angerufen.«

»Ja.«

»Hat der Barkeeper Sie so schnell gefragt?«

»Sie haben mich gefragt.«

»Ach so ... ja. – Ist es wahr? Ich meine, ich habe gehört ... man sagte mir ... Ich glaube, ich weiß jetzt, wer Sie sind. Man sagte mir ... Sie wären billiger als eine ... als ein Gegenstand, den ich zuerst wollte.«

»Das ist nicht ganz richtig.«

»Wieso ...? Wieviel ...?«

Sie schält sich aus ihrer Decke und setzt sich auf.

DIE weißgetünchten Wände des Raumes, der keine Fenster hat, leuchten hell im Neonlicht.

Der Killer sitzt in einem breiten Ledersessel vor einer Tischplatte, die auf zwei Böcken liegt. Ein zweiter Sessel steht ein Stück hinter ihm, frei im Raum, wie irgendwann im Schieben stehengelassen, vor Jahren, und seitdem nicht genutzt, etwa als Giftgas jeden in diesem Raum tötete, außer ihm, der diesen Sessel niemals wieder bewegt hat,

Der Killer spricht in ein Handy. Er blickt auf eine flache, runde Wanduhr, beobachtet genau den großen Sekundenzeiger, unter dem, neben einem Kühlschrank, ein Doppelbett steht, das weder auf der einen noch auf der anderen Seite bezogen oder gar mit Decken belegt ist.

»Lassen Sie uns das unter anderen Umständen klären.«

»Ja, aber ich will mein Anliegen schnell ... sehr schnell erledigt haben.«

»Wo sind Sie jetzt?«

»Am Meer. – Ich bin am Meer.«

Der Killer denkt nach, ohne den Blick von der Uhr zu lassen.

»Hallo?!«

»Ja.«

»Es trifft sich gut, daß Sie am Meer sind. Können Sie ein Boot mit einem Außenbordmotor bedienen?«

»Ja ... doch. Kann ich.«

Der Killer steht, läuft zum zweiten Sessel und setzt sich hinein. Er blickt über eines seiner Beine, die Bügelfalte der alten grauen Hose entlang, langsam über die schwarzen Schuhe, die glänzen, auf das dunkelgrüne Linoleum herab, das Handy an seinem Ohr.

»Hallo?«

Der Killer hebt träge seinen Kopf, wendet ihn, blickt in das surrende Licht der Neonröhren, sagt Augenblicke später: »Ich melde mich wieder«, und bricht das Gespräch ab.

SIE steht in der Mitte des großen Steins. »Wann? – Hallo! – Hallo?«

Sie sieht um sich.

»Hallo!? – – – Hallo!«

Sie nimmt das Telefon vom Ohr, behält es aber in der Hand, blickt aufs Meer hinaus. Sie schaut nach rechts, nach links, zum Horizont: gewaltige Wolkenberge, wie hingezaubert in einem Nu, drängen zu ihr.

Über ihr fliegen wieder Möwen.

Sie blickt zu ihnen in die Höhe, einer, die besonders groß ist, blickt sie lange nach, bis sie sie verliert in dem Schwarm der vielen anderen, die verloren und qualvoll stechend schreien.

EIN Geräusch draußen.

Sie hält inne im Zuziehen der Vorhänge, öffnet ein Fenster, sieht hinaus: – Nichts.

Tief unter ihr rollen Autos lautlos die Straßen entlang, leuchten Scheinwerfer und Rücklichter. Dann und wann ein Hupen, schüchtern, kurz, wie mit Absicht gedämpft.

Sie sieht zum Telefon.

Am Horizont zieht sich ein langer schmaler Streifen hin: offener, heller Himmel, ein Hauch türkisfarben vor sanftem Gelb, als riefe schon der Winter, darüber geschlossene Nacht.

Der Streifen flieht.

Sie schließt das Fenster, zieht die restlichen Vorhänge zu und tritt neben ihr Telefon. Jean steht bei ihr und wartet. Sie drückt auf die Taste zum Abhören, doch nichts.

Hart klickend schaltet sich das Band ab.

Enttäuscht läßt sie sich in einen Sessel fallen, macht das Licht aus, streckt die Beine weit von sich, ihre Hüfte schmerzt noch stark.

Sie hat die Flasche geöffnet, ohne daß es knallte, füllt sich ein Glas, trinkt. Danach gießt sie etwas Champagner in ihre offene, zu einer kleinen Schale zusammengepreßten Hand und hält sie Jean hin, der die Flüssigkeit ausleckt. Zufrieden glitzern seine Augen im Kerzenschein.

Als das Telefon klingelt, reißt sie ihre Hand von Jean und greift zum Hörer. »Ja . . .!«

»Ich bin's, Laura, stör ich?«

Sie antwortet nicht, schaut in ihr Glas.

»Hallo, war denn der Besuch schon da?«

Sie überlegt. »Ja, war er, aber er kommt gleich noch mal.« Sie ist aufgestanden und geht zum Fenster, zieht ein Stückchen Vorhang zurück und blickt zum Horizont, wo der schmale, helle Streifen lange schon von der Finsternis verschluckt wurde.

»Ich will Sie auch nicht länger stören und bin auch gleich fertig. Ich wollte nur noch sagen, Sie können ... wenn du willst ... können wir bald wieder zusammen weggehen, ja? Du brauchst dich nur zu melden, wenn du willst. Das war's schon. Und viel Spaß noch.«

»Gut, danke, ich denk dran.«

»Tschüss.«

Sie bricht das Gespräch ab, legt das Telefon beiseite, trinkt, zieht den Vorhang wieder zu, streichelt den Hund am Kopf, unter dem Maul; völlig naß ist es da.

6
Die Sehnsucht nach Göttern

Neben der Spitze des kleinen Bootes sieht sie die aufgehende Sonne blutrot über dem Horizont. Sie schwimmt fast in sie hinein.

Wie ein gigantisches Insekt, das fliegt, auf dem Weg nach Nahrung, so summt der winzige Außenbordmotor und schiebt ihr Boot. Manches Mal schlägt eine größere Welle hart gegen den leichten Bootskörper. Auf dem Boden hinter dem Bug liegt Jean und schläft zusammengekauert. Solveig steuert das Boot und sucht mit den Augen die Weite des Meeres ab. Sie trägt ihre Sonnenbrille. Vor ihr liegt das Handy.

»Ja!?«

»Ich melde mich wieder.«

Solveig blickt um sich, sie ist bestimmt schon einen Kilometer von der Küste entfernt, ruft: »Ich sehe Sie nicht.«

»Wo sind Sie jetzt?«

»Ich bin genau da, wie wir es besprochen haben.«

Solveig dreht sich wieder zum Festland. »Hinter mir ist die kleine Halbinsel mit dem alten, zerstörten Bunker.«

»Gut, dann fahren Sie jetzt direkt weiter in Richtung Horizont.«

Solveig blickt ängstlich um sich, da, wieder eine Welle, die viel größer ist als die anderen, hebt den Kahn an, läßt ihn derb herabfallen. »Noch weiter, wo soll ich denn hin?«

Jean ist aufgestanden, läuft auf Solveig zu, taumelt, legt sich neben sie.

»Sie brauchen sich nicht zu fürchten. – Wir werden uns gleich sehen.«

Solveig kann nicht mehr antworten, spürt, wie sie verkrampft, den Steuerknüppel mit den Fingern immer fester umspannt, daß sie ihn gar nicht mehr loslassen, ja daß sie die

Bootsspitze auf gar keine andere Richtung als die zum fernab liegenden Horizont mehr zuhalten könnte. Das kleine Telefon hält sie in der anderen Hand, aber ebenso fest.

Es läutet. Sie reißt das Handy ans Ohr, atmet tief durch. »Hallo!«

»Ich melde mich wieder.«

»Ich kann Sie nicht sehen!«

Solveig dreht sich um, die Küste ist noch viel schmaler, ist zu einem zarten geraden Strich geworden.

»Haben Sie Geduld, es wird gleich soweit sein.«

»Gut.«

Sie sieht wieder auf das Meer hinaus. Und bald kann sie, weit vor ihr, und wie er sich dabei immer mehr, im grellen Gegenlicht der Sonne, aus dem Horizont herauslöst und auf sie zurast, einen dunklen Punkt wahrnehmen. »Ich sehe Sie! – Ich sehe Sie!« ruft Solveig auf das Wasser hinaus.

»Beruhigen Sie sich.«

Der Punkt kommt schnell näher und näher und wird immer größer. Es ist, als schwebe er über dem Wasser auf sie zu, auf feiner Gischt, die sich wie ein weißes Kissen unter ihm und nach den Seiten hin verteilt.

Irgendwie lärmt es, zittert alles.

Solveig macht den Motor ihres Kahns aus und hört das Dröhnen jetzt noch viel deutlicher: wie die freie, ungehaltene Seele einer Bestie verbreitet es sich stetig, stampfend, inzwischen über das ganze Meer.

Solveig legt das Handy weg. Auch Jean blickt dem Geräusch entgegen.

Etwa sechzig Meter von Solveig entfernt, nimmt der Killer das Gas weg. Der Schiffskörper der großen, weißen Jacht sinkt tiefer ins Wasser hinein, kommt träge auf Solveig zu. Ganz, ganz langsam vollzieht sich das.

Solveig kann keinen Menschen auf dem Schiff entdecken.

Der Motor der Jacht geht aus.

Unendliche Stille um beide Boote.

Als Solveig nach ihrem Handy greift, ist der Killer plötzlich zu sehen. Jean bellt mehrere Male.

Der Mann steht auf dem obersten Deck, über dem kein Dach mehr ist, und ruft Solveig zu. Irgend etwas ist vor seinem Gesicht, etwas Schwarzes, und farbig ist es auch. Die Jacht steht nun genau vor der Sonne, hat sie hinter sich wie einen gigantischen Scheinwerfer.

»Sehen Sie, es ging doch alles gut.«

Solveig spürt, daß die Worte des Mannes gedämpft werden, sein Rufen gebrochen wird, die Klarheit seiner Stimme am Telefon sich hier etwas abriegelt.

Mit der Hilfe eines Paddels bewegt sie ihren Kahn näher an die riesige Jacht heran.

Natürlich, eine Maske ist es, er hat eine Maske vor seinem Gesicht, das veränderte seine Stimme. Den schwarzen Kopf einer überdimensionalen Amsel, mitten darinnen den gelben Schnabel.

Solveig sieht zu dem Killer hinauf. »Was hatten Sie eben gesagt?«

»Daß bisher alles geklappt hat.«

Solveig nimmt ihre Sonnenbrille ab, wartet. Was für ein aufdringliches Gelb dieser zu dicke Schnabel hat, denkt sie.

»Wieso tragen Sie eine Maske?«

»Das ist in Ihrem Interesse.«

Der Killer hat auf einmal einen Feldstecher in seinen Händen und schaut in ihren Kahn hinab, aber auch auf sie, das spürt Solveig genau. Sie richtet sich auf und zeigt dem Killer, daß auch unter ihr nichts versteckt ist, läßt auch Jean, der längst schon wieder lag, aufstehen, zieht ihn zu sich heran, umfaßt ihn mit beiden Armen am Hals, küßt ihn zwischen die Augen.

»Sehen Sie, nichts, ich habe, wie ausgemacht, gar nichts weiter bei mir.«

»Heben Sie mal Ihren Pulli hoch. – Oder ziehen Sie ihn am besten aus.«

»Wie?« Solveig ist irritiert, weiß nicht, was sie machen soll, sieht das Fernglas auf sich gerichtet – hebt dann doch ihren Pulli etwas an.

»Weiter … höher!«

Solveig zieht sich den roten Pulli über den Kopf, dreht sich einmal im Kreis.

»Den BH auch …?«

»Nein, nein, das war gut, das reicht. Aber gehen Sie bitte noch in die Hocke, bis nach unten, so daß sich die Hose eng an Ihren Körper und die Beine legt.«

»So?«

»Ja, so ist es gut. Und drehen Sie sich noch. – Nein, nein, bleiben Sie unten, ohne aufzustehen.«

»Mein Gott.«

»Gut. Und was ist das da für ein Päckchen, unter Ihrem Sitz? Ich hatte Ihnen doch gesagt, das Sie nichts mitnehmen sollten. Und daß alles, was doch da sein müßte, offen zu sehen sein sollte.«

»Das ist das Geld.«

Der Killer überlegt.

»Werfen Sie es her, zu mir.«

»Kann ich mich wieder anziehen?«

»Ja.«

Solveig streift sich den Pulli wieder über, bückt sich nach dem Päckchen, hält es in der Hand. Soll sie es wirklich werfen, denkt sie sich, soll sie diesen Weg überhaupt weitergehen?

»Nun, was ist?«

»Soll ich es wirklich werfen?«

Im hohen Bogen schleudert Solveig das Geld in die Jacht

hinüber. Sofort geht der Killer zu dem Päckchen hin, macht es auf und blickt hinein.

Die Jacht wird von einem Windstoß erfaßt, ist einige Meter von Solveig fortgetrieben.

Der Killer schaut mit dem Feldstecher aufmerksam über das Meer. Als er ihn wieder absetzt, ruft Solveig zu ihm hinüber: »Wieso wollten Sie gleich die ganze Summe? Das ist doch so gar nicht üblich, sieht man jedenfalls immer, in den Filmen.«

»Was üblich ist, interessiert mich nicht.«

Der Killer zählt ruhig die Scheine.

»Das Boot ist teuer gewesen, nicht wahr?«

Der Killer zählt noch. »Es gehört mir nicht.«

Er wirft das Geld in das Innere der Jacht, macht kurz den Motor an und steuert das Boot rückwärts näher an den Kahn von Solveig heran; schaltet den Motor wieder ab und sieht zu ihr hinunter.

»Also!?«

»Ja ... wie sag ich's am besten?«

»Mich interessiert nur: wer. Alles andere ist mein Problem.«

Solveig steht auf, wartet, sieht zu Jean, dann wieder zum Killer hinauf.

»Aber ich habe Bedingungen!«

»Bedingungen?«

»Bedingungen ist wohl nicht richtig ausgedrückt.«

Solveig tritt neben Jean, der jetzt flink aufsteht, streichelt ihn. »Wünsche ist wohl besser. – Sie wissen ja ... ich wollte es alleine tun, aber inzwischen glaube ich, daß es besser so ist, mit Ihnen. Aber ... wie gesagt, meine Bedingungen wären, daß Sie, wenn Sie es tun, eine Videokamera bei sich haben. Ich möchte später eine Kassette von Ihnen, auf der Folgendes zu sehen ist, merken Sie es sich gut. Erstens: Wie er Sie wahrnimmt. Zweitens: Wie er Angst bekommt. Und drittens: Wie er stirbt. Und: Wie er tot daliegt. – Und alles ohne Ton.«

Solveig verstummt, zwischen zwei Fingern streichelt sie

eines der langen Ohren von Jean. Jean sieht sie an. Leicht schaukelt ihr Kahn. Solveig setzt sich.

Der Killer hinter der Maske überlegt, das spürt sie genau, so als sähe sie sein ganzes Gesicht, auf der Rückseite seiner Amselkopfhaut.

»Das kostet mehr.«

»An Geld soll es nicht fehlen.«

Wieder überlegt der Killer. Aber nicht so lange wie vorher, ruft: »Ich melde mich wieder«, und steigt dabei in das Innere der Jacht. Sekunden später dröhnt der Motor los. Das Schiff reckt sich träge aus dem Wasser und gewinnt sehr schnell an Fahrt, rast dem Horizont entgegen. Hinter ihm aufgewühltes Meer, wie eine heimliche Straße, die ohne Ende ist, ein endloser Weg in die Ewigkeit der Zeit hinein.

Die Gischt der Schrauben umspült Solveigs Kahn. Schaum, der schon wieder vergeht, Strudel, die noch bleiben, still sich drehen, wie Reste von hellem Zauber, Minuten noch, bis die Wogen wieder glatt und ungestört an Solveig vorüberstreichen, obwohl nun kein Lufthauch weht.

Die Jacht ist nur noch ein ferner Fleck. Das Gedröhn ist leise geworden. Solveig wendet sich zum Ufer, startet ihren Außenbordmotor.

In einer langen Kurve kehrt sie zum Festland zurück.

STARKER Fahrtwind. Der Killer nimmt die Maske vom Gesicht, wischt sich mit einer Hand über beide Wangen, die Stirn, wendet sich langsam zum Heck. Weit entfernt sieht er Solveigs Kahn, ein winziger, dunkler Punkt auf dem Meer. Am Hals des Killers, die Morgensonne, sie wärmt ihn.

SIE liegt in ihrem Sessel. Neben ihr brennt eine blaue lange Kerze in einem silbernen Ständer. Auf dem Sekretär vor ihr steht das Telefon. In den Fingern der linken Hand, die auf ihrem Morgenmantel ruht, hält sie ihr Handy. Mit der anderen Hand hält sie sich einen ovalen Spiegel vor die Augen, sieht, daß sie weich wirkt, schön ist, ihre Augen im Kerzenschein leuchten, spürt, daß ihre Haut jung ist, wie seit ewigen Zeiten nicht mehr, hört Klaviermusik, die aus der Dunkelheit des Raumes leise zu ihr dringt.

Kein Champagner. Kein Joint.

Sie legt den Spiegel weg, auf ihre Beine, spürt den samtenen Druck der Seide des Morgenmantels unter dem kleinen, ovalen Gebilde, allein, auf ihren Oberschenkeln. Sie blickt in die einsame Kerzenflamme. Und schließt die Augen.

Sɪᴇ trägt ihre dunkle Sonnenbrille und sitzt in einer Kneipe vor einer Cola, schaut über die Straße hinweg zu dem Café, in dem sie die letzten Tage nun schon mehrmals gesessen hatte.

Immer wieder eilen Autos vorbei, versperren ihr den Blick. Regungslos wartet sie.

Die Sonne scheint.

Sie trägt das Kostüm, die Bluse und das Paar Schuhe, die sie an dem Tag angezogen hatte, als sie sich dort, auf der anderen Straßenseite, in ihrem Café mit Bruno getroffen hatte.

Bruno sitzt an dem Tisch, an dem sie sich damals beide das erste Mal in die Augen gesehen hatten, auf dem Stuhl, auf dem sie gesessen hatte.

Er hält zur Straße hin Ausschau, neben ihm auf dem Tischchen, vor einem der zwei leeren Stühle, steht, in einem Krug, ein üppiger Strauß roter Rosen.

Wie viele werden es wohl sein?

Sie nippt an ihrer Cola, ist fast alleine im Gastraum, sitzt genau hinter dem einzigen Fenster zum Café hin, sieht unbewegt auf Bruno. Sie hört plötzlich das Lallen eines Mannes, und wie der Kellner ihm klarmacht, daß er wieder gehen muß, hört die tragischen Worte des Gastes, die darum betteln, daß er bleiben darf, und auch die Wehklage dabei, weil er doch von Anfang an keine Chance hatte, und das auch wußte. – Still ist es wieder. Als sie sich umsehen will, ob der Mann wirklich gegangen ist, läutet ihr Handy. »Ja . . .!«

»Ich melde mich wieder.«

Der Mann, der tatsächlich gegangen war, ist plötzlich wieder im Gastraum, ruft: »Ich komme wieder, dich erkenne ich immer!« Und der Kellner antwortet: »Ja sicher, aber heute nicht!« Dann kein einziges Wort mehr.

Sie hat sich umgedreht, sieht, wie ein riesiger Kerl von Mann auf die Straße taumelt, mit den Armen fuchtelt, in die Kneipe hineinzeigt, schreit und sich zwischen den Passanten verliert. Keiner von ihnen beachtete ihn. Sie sieht den jungen Kellner an, eben läuft er, nahe hinter ihr, vorüber, er lächelt ihr zu: stolz.

»Wo sind Sie?«

»Ich bin dort, wo Sie sind. – Was war eben?«

Sie blickt nach rechts und links auf die Straße, schaut sich auch im Gastraum um, doch keiner der vier Gäste, die da sind, und auch der Kellner nicht, erinnern sie an den Mann auf der Jacht. Oder war es der Betrunkene, und hatte er nur gespielt, daß er betrunken ist. Nein, der war ja viel größer, sagt sie sich.

»Nichts war. – Sehen Sie das Café Utopia?«

»Ja.«

»Gut, am Tisch, ganz vorne links, sitzt ein einzelner Gast. Er trägt ein hellgrünes Sakko. Jetzt, jetzt, sehen Sie ihn, zieht er gerade an seiner Zigarette. – Wissen Sie, wen ich meine? Sehen Sie ihn? Jetzt drückt er seine Zigarette aus.«

Sie spürt nichts, nur, daß ihre Haut am gesamten Körper glühend ist, sie sich leicht wie eine Feder fühlt, auf der Stelle schwebt. Sie ist mit dem Gesicht bis nahe vor das Kneipenfenster zum Café geraten.

»Ich sehe ihn genau«, sagt ihr der Killer ruhig.

Sie berührt das Fenster mit der Nase, bleibt mit ihr an der großen, kühlen Glasscheibe angelehnt, fühlt etwas Halt.

Sie spürt, daß ihr die Worte stocken. Sie reißt sich von der Scheibe los, sieht sich im Gastraum um, schaut wieder zu Bruno.

»Das ... das ist er«, flüstert sie und tippt dabei mehrmals mit dem ausgestreckten Zeigefinger der rechten Hand gegen das große Fenster, wie im Einklang mit jedem einzelnen Wort, so daß die breite Scheibe in leichte Schwingungen gerät, so stark pocht sie dagegen: »Und folgen Sie ihm auf jeden Fall zum Meer, erst dort ...«

Sie hört den Killer die Verbindung unterbrechen, schaut genau auf Bruno, der blickt auf die Uhr, wieder auf die Straße.

Sie nippt an ihrer Cola.

Er richtet die Rosen, ordnet sie, lockert sie auf, entfernt zwei welke Blütenblätter, legt sie in den Aschenbecher, wirft sie dann aber doch unter den Tisch.

»Entschuldigung, aber Sie werden am Telefon verlangt.«

»Ich?«

Bruno steht auf und folgt dem Kellner, der ihm zugewunken hat, mit dem Kopf nickte.

Am Tresen hält ihm eine junge Frau einen weißen Telefonhörer entgegen.

»Ja, bitte?«

»Ich bin's noch mal.«

»Warum bist du denn noch nicht hier?« Bruno sieht der jungen Frau hinter dem Tresen aufdringlich in die Augen, doch die wendet sich ab. »Und übrigens, ich habe eben, gerade jetzt beim Warten, noch einmal ernsthaft darüber nachgedacht. Ich habe dich wirklich nicht richtig eingeschätzt. Und das tut mir heute sehr leid.«

»Weißt du was, du wirst es nicht glauben, aber ich bin auf dem Weg zur Küste ... an unsere Stelle. – Ich warte dort auf dich. Mit dem Auto bist du ja bald da. Ich warte!«

Sie hat das Gespräch abgebrochen.

Bruno hält den Hörer vor seinem Bauch noch in der Hand, führt ihn nochmals an sein Ohr, lauscht hinein, schüttelt den Kopf und reicht ihn der Frau hinter dem Tresen zurück, lächelt sie dabei an.

Auch die Frau lächelt flüchtig, brüht weiter Kaffee.

»Ich möchte zahlen.«

Gerade war der Kellner an Bruno vorbeigelaufen.

Als Bruno dem Mann das Geld reicht, schmunzelt er. »Die Frauen, die Frauen«, sagt Bruno und geht aus dem Café. Der Kellner läuft hinter den Tresen. Die junge Frau erwartet ihn, stellt ihm drei dampfende Tassen Kaffee auf ein Tablett. Der Kellner küßt sie auf den Hals.

SIE ist aufgestanden, hat sich vom Fenster entfernt, läuft rückwärts in die dunkle Tiefe des Gastraumes. Sie beobachtet Bruno immer noch genau. Wie er die Tür seines Autos öffnet, in den Rückspiegel schaut, sich die Haare kämmt und die Rosen, die er vorher auf dem Dach abgelegt hatte, nun zu sich in den Wagen holt, seine Tür schließt, an dem Strauß riecht und ihn neben sich auf den Sitz legt, startet, schaltet, noch einmal auf die Rosen schaut und dann losfährt.

Sie steht neben einem Tisch, an dem drei Männer vor ihren Bieren sitzen. Alle sehen zu ihr hinauf, blicken sich an und grinsen.

Sie geht dem Fenster wieder einen Schritt entgegen, rempelt dabei einen der Männer an, versucht zu erkennen, ob Bruno ein Auto folgt. Aber nur dichter Gegenverkehr, der Bruno verdeckt.

Sie geht zu den Männern zurück und sagt: »Entschuldigung.«

»Ist schon gut, Fräulein, ist schon gut. Das macht nur die Sonnenbrille.« Die Männer lachen. Solveig nimmt die Brille ab und blickt wieder auf die Straße.

»Wollen Sie nicht ein Bier mittrinken, das bringt ihnen Ruhe.«

»Nein danke.«

»Es würde uns freuen, würden Sie bleiben – uns alle. Wir beißen nicht.«

Einer der Männer zieht einen Stuhl vom Tisch zurück, sieht Solveig nach, die da schon ins Licht der Straße tritt.

»Schade ...«

SIE blickt auf die Autobahn hinaus.

Sie schaltet in den fünften Gang, hat das Gaspedal schnell durchgetreten, hat nun den leichten, kilometerlangen Anstieg hinter sich, spürt, wie der alte, schwere Wagen nach und nach immer schneller wird, wie er in sich immer mehr zu leben beginnt, sich entfesselt, sich in eine wunderbare Ungebundenheit hineinlöst, sieht, daß die Tachonadel nun schon vor der Zahl einhundertfünfundneunzig steht und doch noch weiterdrängt, zweihundertzehn. Sie sieht sich an anderen Autos vorbeifliegen, die sie überholt, als würden sie stehen. Ob links oder zweimal auch rechts an ihnen vorbei, findet sie einen einsamen Weg.

Sie taumelt im Kopf.

Alle Fenster sind heruntergelassen.

Sturm wie am Meer. Lärm.

Niemand folgt ihr.

KOPFSTEINPFLASTER. Manche der dicken, dunklen Steine blitzen im Licht der Sonne, welches da und dort die dicht aneinandergepflanzten alten Lindenbäume durchbrechen konnte.

Sie fährt im Schrittempo. Ihr Oberkörper hängt weit aus dem offenen Fenster hinaus, auch ein Arm von ihr, bis fast auf die Straße herab. Sie blickt auf die Steine, und auch etwas nach vorne, steuert mit einer Hand, ihr rechter Fuß berührt leicht das Gaspedal. Sie hört den Motor nicht.

Sie schaut auf die gelben Rapsfelder, die sie umgeben auf beiden Seiten der engen Straße, wie eine einzige riesige Wolke, auf der sie fliegt.

Sie hält an und macht den Motor aus und schaut über das grelle Feld hinweg; die sanften flachen Hügellinien.

Sie steigt aus und legt das Handy auf das Dach des schmutzigen Autos, läuft einige Schritte über die buckligen Pflastersteine, aus dem dunklen Schatten der Linden, bis in das glühende Rapsfeld hinein. Um sie herum plötzlich unzählige Bienen und Hummeln. Eine der Hummeln ist gegen ihren Rock geflogen, zieht sich träge an ihm hoch.

Als ihr Handy klingelt, versteinert sie. Mehrfach klingelt es, bis sie zum Apparat rennt. »Ja!«

»Ich bin hier, Bruno. Wieso bist du nicht hier, ich bin am Meer.«

Sie überlegt, ihr ist, als hätte sich ein Geist gemeldet. Sie sieht um sich, dann auf die Hummel, immer noch hängt die an ihrem Rock, startet jetzt, tief brummend.

»Es tut mir leid, aber ... ich kann jetzt erst kommen. Ich wurde aufgehalten. Aber ich komme sofort.«

Sie beendet das Gespräch und schaut in das Rapsfeld, dorthin, wohin die Hummel flog.

Wolken ziehen vor die Sonne, das Gelb des Feldes ist jetzt leiser.

Sie greift in ihr Handschuhfach und steckt sich einen Joint an, läßt sich auf den Sitz gleiten, den Kopf legt sie, seitlich geneigt, auf die Lehne, raucht, atmet tief in sich hinein und blickt auf das Feld. Sie fühlt sich, als würde sie im Gelb knien.

7
Auf weißem Frauensand

Sie hat sich ihre hohen Pumps ausgezogen, hat sie auf einem der vielen großen Steine über sich stehenlassen, steigt von einem der letzten am Ufer in das flache Meer hinein und watet in kleinen ängstlichen Schritten durch das Wasser hindurch. Bis sie bald auf dem kleinen Flecken Strand steht, der aus den vielen weißen Muschelschalen besteht. Wo sie erbrochen und sich gewaschen hatte, stundenlang.

Unberührt wirkt das kleine Stückchen Land jetzt. Immer wieder überfluten einige Wellen es, umspülen weich ihre Füße, klatschen sacht gegen die massigen Steine, die dieses winzige Stück Strand, für einen jeden am Land, uneinsehbar abriegeln.

Sie zieht ihr Handy aus der Jacke und hält es sich vor die Augen. Der kleine Apparat liegt flach auf beiden Händen, die Arme hat sie nun zum Meer hin von sich gestreckt, wiegt sie behutsam hin und her, beobachtet das Telefon und steckt es nach längerem Wiegen langsam wieder in ihre Jackentasche.

»Ja?«

»Ich melde mich wieder.«

Das Telefon hatte geläutet, und sofort hatte sie es sich an ein Ohr gerissen.

Sie ringt nach Luft. Sie spürt, daß ihr auf der Stirn Schweiß ausbricht, lehnt sich fest an einen der beiden hoch über sie hinausragenden Steine und flüstert, ihre Stimme bebt: »Und?«

Sie spürt, wie eine kleine Woge wieder ihre Füße umspült und sich das Wasser wieder zurückzieht, aber so, als wolle dieses wenige Meer das gesamte kleine Stückchen Muschelufer, samt ihrer selbst, mit in die See hineinziehen, mitnehmen, regelrecht verschlingen.

»Ich melde mich wieder.«

Der Killer spricht sachlich.

»Ich bin jetzt am Meer«, und dann auf einmal, mit verschwindend geringen Spuren von Ironie, fügt er noch hinzu: »Sie ... und Ihre Wünsche.«

»Und ...?«

Sie hat sich jetzt von dem Stein hinter ihr abgestoßen, watet den Weg, den sie kam, durchs Meer zurück und klettert auf den Fels, auf dem ihre Schuhe stehen, das Handy dabei immer dicht am Ohr.

»Er hat jetzt Angst.«

Sie steht auf dem Stein, dreht sich um, sucht mit den Augen das Gebüsch an der Steilküste ab, blickt auf das Meer hinaus, kann nicht sprechen. Das Handy hat sie noch immer am Ohr. Sie bemerkt, daß die Worte des Killers stetig schlechter und schlechter zu verstehen sind, hält sich nun das andere Ohr zu, lauscht, ohne zu atmen.

»Ich soll Ihnen etwas sagen von Angst ... und von Erotik.«

»Was?!«

»Man sagte mir, Sie würden das verstehen.«

»Mein Gott ... ja, ja ich versteh's. Aber ich bin doch deshalb hier ... Aber Sie können doch deshalb, Sie können doch deshalb um Gottes Willen nicht ...«

Brunos Worte brechen jäh ab, als wäre die Welt im Meer versunken, weit draußen, in die Tiefe hinabgerissen. Kurz vorher hatte sie noch das eigenartig flache, glatte Geräusch zweier kurz aufeinanderfolgender, schallgedämpfter Schüsse gehört. Stille.

Sie reißt sich das Handy vom Ohr. Sie verzieht ihr Gesicht, als hätte sie elende Schmerzen.

Sie hat ihre Augen geschlossen, die Lider fest aufeinandergepreßt, schüttelt immer wieder den Kopf, langsam von einer Seite zur anderen, um ihn danach plötzlich weit nach hinten in den Rücken fallenzulassen und von dort bis nach vorne hinab an die Brust, hebt ihn dann wieder an, sehr, sehr geruhsam, öffnet, voller Argwohn, vorsichtig ihre Augen und blickt auf das Meer hinaus, als hätte sie es noch niemals in ihrem gesamten Leben gesehen, hat Freude am schweigsamen Meergeruch.

IHRE Augen richten sich auf die vielen Briefkästen seitlich hinter ihr. Sie ist stehengeblieben. So, als hätte sie jemand, der nahe hinter ihr lief, seitdem sie ihr Haus betrat, an der Schulter aufgehalten und mit einer Stimme, die einzig nur sie plötzlich hören konnte, zu ihr gesagt: Wende langsam deinen Kopf nach rechts, noch weiter, noch weiter, und nun, nun siehst du deinen Briefkasten. Gehe auf ihn zu. Spürst du, wie er dich anzieht, spürst du, wie er dich verlangt? Und öffne ihn jetzt, öffne ihn.

Schreie von Kindern in ihrem Rücken, die aus einem der Fahrstühle stürzen und an ihr vorbeirennen, als sie dabei ist, die kleine Tür des Briefkastens vorsichtig zu öffnen und ein schmales Päckchen in ihm liegen sieht, und den Kasten hastig wieder schließt.

Sie tritt benommen ins Freie, sieht, wie die Kinderschar zwischen den vielen Autos über die Straße rennt, immer noch schreit und lacht und jauchzt.

Sie sieht sich um, schaut in Gesichter, sieht Passanten nach. Ein Pkw, direkt vor ihr, startet aus einer Parklücke. Der Fahrer, ein Mann Anfang Fünfzig und mit einem sehr breiten Kopf mit einer Glatze, der kann es nie und nimmer gewesen sein, der ihr das Päckchen in den Briefkasten gelegt hat. Oder?

Sie schaut in andere Autos, die in ihrer Nähe stehen, doch keine Menschen sitzen in ihnen. Sie schaut in Fahrzeuge, die an ihr vorüberfahren, doch niemand der Insassen achtet auf sie.

Sie spürt wieder die Anziehungskraft des Briefkastens. Als würde erneut wieder der Geist zu ihr sprechen: Lauf langsam rückwärts auf dein Haus zu, schau, bevor du dich zu deinem Eingang umdrehst, in die Höhe, an einem der Fenster des blaugrünen Hauses, dir gegenüber, auf dem die obersten Etagen von der letzten Abendsonne mit Licht überspannt sind, blickt in einem der unteren Stockwerke eine Frau zu dir, was aber reiner Zufall ist. Wende dich jetzt zum Eingang deines Hauses und betrete es gefaßt, wie sonst, an jedem anderen Tag.

Sie geht auf ihren Briefkasten zu. Zitternd entnimmt sie ihm das flache, in braunes Packpapier glatt eingebundene Päckchen, auf dem nichts geschrieben steht.

Bevor sie den Fahrstuhl betritt, schaut sie noch einmal zum Hauseingang zurück: kein Mensch.

Sie tritt in den Fahrstuhl; die Türen schließen sich.

BEWEGUNGSLOS sitzt sie vor einem Videorecorder. In ihr verkrampfen sich die Därme, der Magen. Jean bellt aus einem Nebenraum, ist schnell wieder ruhig. Die Fenster sind mit Vorhängen zugezogen.

Bruno erscheint auf dem Bildschirm. Mit dem Rücken zur Kamera. Er läuft zwischen den Windflüchtern auf die Düne zu, trägt den Rosenstrauß in seiner rechten Hand. Ohne Ton. Oft dreht er sich um und blickt in die Kamera, spricht dabei.

Sie begreift, daß Bruno fragt, daß er noch nicht verstanden hat, warum er den Weg zur Düne wahrhaftig gehen muß, daß er oft entrüstet ist, aber eben doch immer weiter und weiter geht, obwohl Angst eigentlich wohl noch nicht in ihm lebt.

Plötzlich dreht sich Bruno wieder zur Kamera herum, scheint zu schreien, spricht ärgerlich etwas, das sie nun zu gerne verstehen würde, schmeißt dann den Rosenstrauß in einem hohen Bogen von sich weg, so daß er in einer der steifen, windschief gewachsenen Kiefern hängen bleibt. Erst an einem der höheren Äste, dann aber von dort abrutscht und fällt, um dann, zu guter Letzt, auf einem der alleruntersten, vertrockneten, waagerecht dahingestreckten Zweige über dem Boden doch noch hängen zu bleiben, mit den prallen Blüten nach unten pendelt.

Bruno sieht zum Meer und läuft ihm weiter entgegen, seine Schritte im bleichen Dünensand sind zögerlich geworden, er ist schon nahe vor der Kuhle.

Solveig sieht, wie auch ein Arm des Killers manchmal ins Bild gerät, wie er mit einer großen, silberartigen Pistole, auf deren Lauf ein Schalldämpfer steckt, anscheinend ausgesprochenen Befehlen Nachdruck geben muß, sieht, daß sich Bruno nicht in die Kuhle legen will, verfolgt, wie er sich nun wehrt, mit Worten, langsam begreifen muß, was auf ihn zukommt, und sich dann doch in den Sand legt. Erst auf den Rücken, flehentlich in die Kamera sieht, kaum noch etwas sagt.

Sie spürt, daß er jetzt die Worte spricht, die der Killer ihr, über das Handy mitzuerleben, Stunden vorher noch möglich gemacht hatte: »Ich soll Ihnen etwas sagen von Angst ... und von Erotik«

»Was?!«

»Man sagte mir, Sie würden das verstehen.«

»Mein Gott ... ja, ja ich versteh's. Aber ich bin doch deshalb hier ... Aber Sie können doch deshalb ...«

Sie kann diese letzten Worte »Aber Sie können doch deshalb ...« von seinen Lippen ablesen.

Sie sieht, daß jetzt Todesangst in Brunos Augen steht und daß er sich plötzlich auf den Bauch dreht und dieses offenkundig gegen seinen Willen tat, er noch einmal in die Kamera sehen möchte, dann aber doch wieder mit seinem Gesicht im weichen Sand daliegt, bewegungslos hingestreckt liegt und die Kamera sich ihm nähert, dann sein Kopf gleich bebt, zweimal, und äußerst kurz nur bebt. Sie erkennt, noch im selben Augenblick ist es, zwei große dunkle Punkte an Brunos Hinterkopf, übereinander, dann kippt der Schädel auf die Seite. Mit starren Augen liegt Bruno da. Sand haftet an seinen Lippen. Der Mund steht offen.

Sekundenbruchteile, als der Killer die Kamera von Brunos Kopf wegnimmt, kann Solveig noch über das Meer sehen. Dann brechen die Aufnahmen ab.

Sie schaltet den Fernseher aus.

Sie setzt sich.

Sie ist ruhig.

Lange blickt sie ins Leere. Bis sie aufsteht und die Tür zum Raum von Jean öffnet. Freudig begrüßt er sie. Sie streichelt ihn, tritt an die Fenster und zieht die Vorhänge wieder zurück. Draußen ist es schon Nacht.

Sie bleibt stehen und denkt nach, wendet sich in den Raum. Sie blickt auf das Telefon, spürt, daß der Apparat ihr irgendwie, verschwommen empfindet sie es, weh tut, geht schnell auf ihn zu, hebt den Hörer ab und drückt auf die Taste, neben dem Kürzel von Bruno: »Guten Tag, ich möchte mich entschuldigen, daß ich im Moment nicht zu erreichen bin. Ich freue mich aber darauf, Sie zurückrufen zu können. Bitte sprechen Sie mir Ihre Telefonnummer auf das Band. Vielen Dank! Bruno.«

Sie hat aufgelegt, spürt nicht das geringste in sich, spürt nichts, gar nichts, nur die Nacht draußen vor dem Fenster, durch das sie jetzt hinaussieht, fühlt sie. Der Himmel, die Sterne sind hell und klar, sehr hell. Sie geht zum Fenster und öffnet es, kehrt zum Telefon zurück und greift sich noch einmal den Hörer, drückt wieder auf Brunos Taste, schaut durch das offene Fenster in die schöne Nacht hinaus.

»Guten Tag, ich möchte mich entschuldigen, daß ich im Moment nicht zu erreichen bin.«

Schnell legt sie auf. Anschließend löscht sie Brunos Telefonnummer und greift nach dem Apparat und geht mit ihm zum Fenster. Ein riesiger Jet fliegt, hoch im Himmel, von weit rechts nach links über ihr Haus hinweg. Kaum zu hören ist er. Sie folgt ihm mit den Augen, bis er nicht mehr zu sehen ist. Sacht das letzte Grollen der Triebwerke zwischen den extrem vielen Sternen.

Sie bleibt mit den Augen im Sirius haften. Zum kleinen Hund hin fällt auf einmal eine Sternschnuppe, verendet.

Sie tippt eine Telefonnummer, ohne die Augen vom Sirius zu wenden.

Sie hört eine Kinderstimme.

»Hier ist Jessica Klein.«

Sie bleibt stumm.

»Hallo. – Hallo? – Mutti, hier ist jemand dran, der nichts sagt.«

Das Kind ruft in die Wohnung hinein, das spürt sie, hört, wie die Mutter näher kommt und mißtrauisch zum Kind spricht.

»Was ist? Wer ist dran?«

»Er meldet sich nicht.«

»Hallo, wer ist denn da?«

Sie senkt ihren Kopf.

»Hallo! Verflucht noch einmal, wer ist denn da? – Und du gehst jetzt baden. Aber ein bißchen plötzlich, wir …«

Sie legt auf und schiebt den Telefonapparat von sich, an den hinteren Rand des Sekretärs, und schaut auf das Ende der Stadt. Sie spürt, wie die Häuser in der Dunkelheit leben, die vielen kleinen Menschen atmen. Sie geht auf das Fenster zu und bleibt auf halbem Wege stehen, wendet sich zu dem hohen Wandspiegel. Ihr Gesicht hat etwas Antikes, die Augen heute etwas unfaßbar Klares. Sie fährt sich mit einer Hand sanft über das Haar und tritt noch näher vor den Spiegel, küßt sich auf den Mund, angenehm kühl ist das Glas.

»JA bitte?«

»Ich bin's, Solveig. – Na, was gibt's?«

»Du? Das ist ja eine Überraschung ...! Soll ich irgend etwas einkaufen?«

»Nein, nein!«

»Das mit den üblen Schwindelanfällen muß ja viel besser geworden sein.«

Solveig hat sich das Telefon vor den Spiegel getragen und sieht sich in die Augen.

»Ja ... doch, doch. – Aber eigentlich rufe ich an, weil ich dich, und wenn Susanna da ist, auch sie, gerne einladen würde ... mich sozusagen für eure Einladung neulich revanchieren möchte.«

»Na gerne. Wann wollen wir uns denn sehen?«

»Am besten gleich.«

»Gleich??«

Solveig schaut sich in ihrem Zimmer um.

»Na mit gleich meine ich ... heute, späterer Abend.«

»Heute ...? – Doch, das müßte gehen. Aber, ob Susanna heute kommt, das weiß ich im Moment noch nicht. – Und wo wollen wir hin?«

»Ich dachte, wir bleiben bei mir.«

»Bei dir ...? Ja, warum eigentlich nicht. Ich war ja auch noch nie bei dir in der Wohnung. Einundzwanzig Uhr?«

»Ja, gegen einundzwanzig Uhr ist gut. Also, bis dann.«

»Ja gut, bis dann ... ich freue mich sehr. Tschüs.«

Solveig legt auf und führt den ausgestreckten Zeigefinger ihrer rechten Hand ihrem Mund entgegen, drückt ihn auf ihre Lippen und zieht ihn wieder zurück, läßt den Arm langsam herabfallen, lächelt.

LAURA und Susanna sehen Solveig an, sie hat ihnen ein wenig die Tür geöffnet. Weit hinter ihr, am ausgestreckten Arm die Klinke in der Hand, steht sie in der Finsternis eines ellenlangen Korridors. Als würde sie sich in seinem Dunkel schützen wollen, als könne sie etwa schon allein durch das Licht des Treppenhauses, und wenn auch nur ein kleiner fahler Schein über sie fiele, sterben und dann sofort zu Staub werden.

»Guten Abend.«

»Guten Abend, da seid ihr ja. Schön, daß ihr gekommen seid.«

Solveig öffnet die Tür etwas mehr, tritt dabei aber auch noch weiter in die Dunkelheit zurück.

»Leider ein bißchen zu spät.« Weit hinten, in der Tiefe des Korridors, durch eine offene Tür hindurch, sieht Laura in einem Raum mehrere Kerzen brennen.

»Aber das macht doch nichts, die paar Minuten.«

Als Laura Solveig einen kleinen Blumenstrauß reicht und sie kurz umarmt, ragt Solveig währenddessen für Augenblicke etwas aus dem Dunkel. Susanna erkennt, daß sie geschminkt ist, spürt, daß sie auf irgendeine Weise schön, vielleicht sogar noch schöner als jemals zuvor ist. Wieder trägt sie ihren dunklen Nadelstreifen-Anzug, durch den sie vorher, in der Finsternis des Korridors, eben noch, wie nur ein besonderes Wesen der Nacht zu leben schien.

Dicht dringt aus dem Korridor Parfum in das Treppenhaus. Das Gesicht von Solveig ist ernst, aber es sieht auch aus, als würde sie im Innern vor Freude leise beben.

»Ach, die sind ja hübsch.« Solveig ist wieder in den Korridor zurückgetreten und will nun die Tür zumachen. »Nun komm doch, Susanna.«

»Guten Abend.«

»Ja, guten Abend. Das ist wirklich schön, daß du auch mitkommen konntest. – Aber nun kommt doch weiter.«

Solveig schließt die Tür und läuft vor, durch den langen, dunklen Korridor. Alle drei schweigen und kommen dem entfernten, hellen Raum immer näher.

»Ist Jean gar nicht da?«

Laura und Susanna sind in der Helligkeit angekommen und drehen sich staunend um. Überall stehen Kerzen, und in ihrem Licht sehen die beiden auf die vielen alten, großen Möbel, die auf den kostbaren Teppichen stehen, sehen riesige Gemälde an den Wänden, Kandelaber. Laura steht nicht weit von dem bis fast an die hohe Decke reichenden Wandspiegel und sieht aufmerksam an sich herab, schüchtern steht sie da, hinter sich erkennt sie Susanna, die mit einer großen Verwunderung auf Solveig schaut. Solveig steht vor einem Tischchen, auf dem drei schlanke, kostbare Champagnergläser verteilt sind und im aus allen Richtungen kommenden flackernden Kerzenschein immer wieder auch funkeln, als würden sie insgeheim erwartungsvoll mitatmen.

»Jean muß heute einmal mit einem anderen Zimmer vorliebnehmen, es gibt hier genügend davon, langweilig wird's ihm schon nicht. Aber trotzdem staune ich, daß er sich noch nicht gemeldet hat. – Aber setzt euch doch endlich.«

Laura und Susanna treten näher an den Tisch heran.

»Da du, Susanna, und du dort, Laura. Wenn ihr einverstanden seid.«

Die beiden setzen sich in zwei große Sessel und sehen nun noch einmal um sich, in den großen fremden Raum hinein.

»Nicht schlecht, hier kann man leben.«

»Ja, gefällt's dir, Laura?«

»Ja natürlich ... Aber es ist wirklich schon komisch ...« Solveig ist neben Lauras Sessel getreten und schaut auf sie hinab, »... das sind nur ein paar Meter Entfernung von meiner Wohnung, und hier ist eine ganz, ganz andere Welt ... völlig andere Welt, das ist kaum zu glauben.«

Solveig beugt sich zu Laura hinunter, sieht dabei aber auch zu Susanna hinüber. »Ihr trinkt doch ein Glas Champagner? Ich hol' schnell eine Flasche. Ich bin gleich wieder da. Seht euch nur um. Ihr könnt auch in Büchern blättern, oder eine CD auflegen, dort sind genügend davon, macht, wie ihr es wollt, oder bleibt halt auch sitzen.«

Solveig verläßt den Raum, und Laura und Susanna schauen wieder nach allen Seiten, bleiben schweigend in ihren Sesseln sitzen. Bald berührt Susanna ihre Freundin an der Schulter und fragt sie leise: »Wo hat die denn das Geld her?«

»Ich glaube geerbt, sie hat mir mal irgend so etwas angedeutet.«

»Pst, ich glaub', sie kommt.«

Solveig nähert sich Laura und hält ihr die Champagnerflasche hin. Laura riecht, daß sich Solveig die Zähne geputzt hat, feiner, frischer Pfefferminzgeruch weht ihr entgegen.

»Willst du sie aufmachen?«

»Lieber nicht«, Laura lächelt.

»Du auch nicht, Susanna?«

»Nein, nein, ich bin da auch nicht so geübt.«

Solveig öffnet die Flasche still und gekonnt, gießt Champagner in die leeren Gläser. Hinter dem Schweigen aller drei ist der aufsprudelnde Schaum zu hören, die vielen kleinen weißen Bläschen, und wie sie einfallen, absterben, schon wieder: wie vor Freude.

»Also dann: Prost.«

»Prost.«

»Auf dich. Prost.«

Die drei setzen ihre Gläser beinahe gleichzeitig auf den kleinen, mit bunten Intarsien durchsetzten Tisch zurück. Susanna verfolgt, wie Solveig Laura anblickt und dabei mit ihrer Zunge ausladend einige Tropfen Champagner langsam von ihren roten Lippen herunterwischt.

»Ich werde ein bißchen Musik für uns machen. Ja?« Solveig steht auf.

»Ja gut.«

Laura spürt, wie auch ihr Mund sich geöffnet hat und ihre Zunge sich, wie von selber, hinausdrängte und ihr tastend über die Lippen spielt.

»Bach, von Glenn Gould, die Goldberg-Variationen?«

»Ja, schön.«

Nacheinander hat Solveig fünf Kerzen angezündet, hat die neuen mit Hingabe auf die Stummel der hinuntergebrannten gesteckt, hat sie in das weiche Wachs gedrückt, mit zugesehen, wie dabei ein wenig, noch flüssiges Wachs unter dem Druck entwich, hat gewartet, bis die neue Kerze mit dem Rest der alten fest verwachsen ist und zu einer wurde, Licht wieder sein kann: für eine lange, lange Zeit.

Ihre Augen leuchten.

Sie spürt, daß Laura und Susanna ihr zusehen, mitverfolgen, wie der große Raum wieder nach und nach für sie heller wird. Sie dreht sich zu beiden um und läuft auf sie zu, steigt über Jean hinweg, der jetzt auch da ist und neben einer leeren Champagnerflasche auf dem Teppich liegt und schläft, und vielleicht auch träumt und dabei laut ausatmet, als würde er vor Überdruß seufzen.

Im Zimmer ist es still. Sie spürt, daß sie nun etwas sagen muß, da sie wieder am Tisch sitzt und Champagner nachschenkt, kurz auf die halbvolle Flasche schaut, ohne daß dies ihre beiden Gäste bemerken können.

»Du hast gut reden, du siehst ja besser aus.«

Solveig lacht und schaut Laura an, winkt mit der Hand des rechten Armes ab, streichelt mit der anderen Hand Jean, der ruhig neben ihrem Sessel steht. »Ach Laura, lassen wir doch jetzt mal die Männer, neuerdings habe ich sie ohnehin richtig lieb, ja wirklich, richtig liebgewonnen.«

Wieder lacht Solveig, hat nach ihrem Glas gegriffen und prostet Laura und Susanna zu. »Auf die Männer! – Oder doch lieber nicht?!«

Laura und Susanna trinken, sehen sich tief in die Augen.

Als das Telefon läutet, schreckt Solveig auf, richtet sich, aus dem Sessel heraus, hoch auf, läßt Jean los und klammert sich an ihr Glas, drückt sich seitlich nach hinten an die hohe Lehne ihres Sessels und faßt sich mit der freien Hand an den Hals, atmet tief ein, hält die Luft an.

Es läutet wieder, und sie läßt sich zurück in den Sessel hinuntergleiten. Jean stößt ihr mit dem Kopf gegen ihre linke Hand, stößt noch einmal dagegen, bis sie ihn wieder streichelt.

Sie trinkt einen Schluck Champagner, schaut zum Telefon. Im Schatten einer großen Vase, voller blühender Zweige, ist der Apparat kaum zu sehen. Sie sagt, jetzt schon wieder ruhig geworden: »Soll es klingeln, ich habe jetzt keine Lust mit irgend jemand anderem zu sprechen.«

Kurz danach läutet es abermals.

Sie sieht Laura an, sieht zu Susanna hinüber, beide sagen nicht ein einziges Wort.

Das Telefon schweigt.

»Komisch, jetzt ist es aus. – Ich werde uns wieder eine CD auflegen, was haltet ihr davon, findet ihr nicht auch, daß jetzt plötzlich eine eigenartige, seltsame Stille herrscht? Wollen wir uns peinigen lassen?«

Laura steht. »Ich muß schon wieder auf die Toilette.«

»Dann bring' aus der Küche noch eine Flasche mit. Eine, eine einzige können wir ruhig noch trinken.«

Solveig sieht Laura genau nach, wie sie schwankt, aber letztlich gut ihren Weg nimmt, wendet sich zu Susanna und lächelt sie verstohlen an, blickt darauf zum Telefon, steht auf und läuft zum CD-Player.

Susanna nippt an ihrem Glas.

»Maria Callas? Möchtest du etwas von ihr hören? Die Norma, von Bellini?«

Solveig hält eine CD in den Fingern, als ihr Handy, das in einer dunklen, entfernten Ecke des Zimmers die gesamte Zeit über verborgen auf einer Anrichte lag, zu läuten beginnt. Sie schaut auf Susanna, bewegt sich nicht und wartet, wartet wie behutsam erstarrt. Die CD leuchtet in ihren Händen, strahlt flüchtig auf Susanna wie ein winziger Komet.

Dreimal hat es geläutet. Und als wäre Solveig von einem bösen vorübergegangenen Zauber befreit, als wäre sie von einem unsichtbaren Retter wachgeküßt worden, bewegt sie sich schon wieder und legt, als hätte es vorher das Läuten und ihr Zögern nie gegeben, die CD ruhig in den CD-Player und kehrt gleich zu Susanna an den Tisch zurück.

»Diese Frau singt sich in eine Stille ...« sagt sie dabei »... in die ihr niemand folgen kann. Nur hören kann man sie von dort, wie sie singt ... für uns ... für sich? Wer weiß das schon ...« Solveig steht jetzt direkt vor Susanna und blickt auf sie herab. »... wie sie ruft, nach uns, und doch gewiß Gott meint.«

Susanna schaut Solveig in die Augen, schweigt.

Die Musik setzt ein: wie Schnee im Sommer, am Strand des Meeres, in der Sonne.

Susanna greift eine Hand Solveigs und zieht sie näher an sich heran, bis Solveig sich, wie ein Kind, neben ihr auf die breite Lehne setzt. »Ich glaube dir keinen Augenblick, daß du Männer ...«

Laura steht in der Tür. Sie hat eine volle Champagnerflasche in den Händen. Sie sieht, wie Solveig ihrer Freundin gerade einen Finger auf den Mund legt, so daß Susanna verstummen muß und schweigt: es aber auch so tut, als wäre ihr in diesem

Moment nichts auf der Welt lieber, als kein einziges Wort mehr sagen zu brauchen. Laura hört hinter der Stimme der Norma, nachdem sie den beiden leise vier Schritte entgegengegangen ist, wie Solveig flüstert, sieht wie Solveig dabei den Finger von Susannas Mund löst und ihr die ganze Hand danach auf das Haar legt. »Ach Susanna, laß doch jetzt die Männer. – Weißt du eigentlich, daß du eine unendlich schöne, daß du eine sehr, sehr erotische Stimme hast?«

Susanna legt eine Hand auf die von Solveig auf ihrem Haar und preßt ihren Kopf dabei gegen Solveigs jetzt gespreizte Finger, reckt ihren Hals in die Höhe, stöhnt.

Laura geht weiter auf die beiden zu, setzt sich auf einen Stuhl und stellt die Champagnerflasche auf den Boden.

Solveig und Susanna blicken sich an.

Laura spürt, daß sie sie nicht wahrnehmen.

Susanna drückt immer noch ihren Kopf gegen Solveigs Hand, deren Finger sich jetzt nach und nach zu einer Faust zusammenballen und eine dicke Strähne von Susannas Haar fest umklammern, und mehr und mehr ziehen. Wieder stöhnt Susanna und läßt sich weit in den Sessel hinabgleiten, verzerrt aber immer wieder auch vor Schmerz ihr Gesicht und schließt zuletzt, als sie wieder unten im Sessel sitzt, ihre Augen. Ihr Mund ist offen; schief.

Jean ist aufgewacht, hebt seinen Schädel etwas, sieht zu den beiden.

Susanna zieht Solveigs Finger, ohne daß die ihre Faust geöffnet hat, aus ihrem Haar heraus. Mehr noch als langsam tut sie es, beißt sich dabei vor Schmerzen auf die Unterlippe.

Laura erkennt, daß Susanna, nachdem sie von Solveigs Griff frei ist, aus dem Sessel aufsteht, ihre Augen wieder geöffnet hat und sich vor Solveig gerade hinstellt. Mit glänzenden Augen schauen sich die beiden an. Zwanzig Zentimeter etwa stehen sie voreinander, reglos, lange. Doch plötzlich beginnt sich Susanna nach und nach auszuziehen. Aber so, als dürfe sie dabei, aus irgendeinem Grund, bis sie nackt ist, die ganze Zeit über nur aufrecht und starr stehenbleiben.

Laura spürt, daß Solveig wie in einer Art Trance vor ihrer Freundin steht, sieht, daß Susanna nun auch schon wieder ganz reglos ist, daß sie so wirkt, als hätte sie niemals in ihrem Leben irgendwelche Kleidung getragen. Sie spürt, daß sie ihre Freundin ist.

Jean hat sich aufgesetzt und blickt zu den Frauen, als müßte er durch den Gesang der Callas, wie durch einen hellen Nebel, hindurchsehen.

»Hab' keine Angst«, Laura hat sich von ihrem Stuhl erhoben und ist leise hinter Solveig getreten, umfaßt sie mit beiden Armen und beginnt ihr das schwere Sakko aufzuknöpfen. Sie zieht es ihr erst vom rechten Arm und dann auch vom linken. Willenlos bewegt Solveig sich mit, als wäre sie eine Marionette, ihre Augen dabei starr auf Susanna gerichtet.

Laura zieht Solveig die Bluse aus, küßt ihr auf den Rücken, öffnet ihr den BH und wirft ihn zu der Bluse auf einen der dunklen Sessel.

Eine der Kerzen geht aus, schon auch eine zweite, und wenig später eine dritte.

Laura faßt Solveig mit beiden Händen an der Taille und schiebt sie einige Millimeter näher an ihre versteinerte Freundin, tritt von beiden zurück und sieht sie an, die beiden Frauen.

Jean liegt wieder am Boden und döst.

Solveigs Augen sind geschlossen, manche ihrer Finger bewegen sich ab und zu.

Leise, ganz, ganz schwach wispert Susanna: »Das ist ja Wahnsinn.«

Und Solveig sagt noch matter als sie: »Was ...? – Was ...?« Und ihr Kopf kippt gegen den von Susanna.

Wieder erlischt eine der Kerzen, und es wird noch dunkler. Da hebt Susanna ihren rechten Arm und legt die Finger leicht auf eine von Solveigs Brüsten. Solveig ist immer noch völlig regungslos, hat aber jetzt ihre Augen geöffnet.

»Noch zarter ...« raunt sie, als Susanna ihren anderen Arm anhebt und auch mit der zweiten Hand ihren Busen berührt. »Noch zarter«, wiederholt sie noch einmal, in Worten, die himmelweit leise fern sind.

Genau da, als Susanna Solveigs Brust berührt und die sich leicht nach vorne fallen läßt und sich gegen die fremden Hände stemmen will, da geht die Musik aus.

Mehrere Sekunden noch stehen beide unverändert da, dann aber senkt Solveig plötzlich blitzschnell ihren Kopf, schaut auf Susannas Hände, und schlägt sie derb von ihren Brüsten herunter.

»Geht! Geht ...! Geht beide! Geht schnell ...! Haut ab! – Raus hier! – Haut – doch – endlich – ab!! So geht doch nur!«

Jean bellt.

Susanna bückt sich hastig nach ihrer Kleidung und läuft schnell Laura nach, die schon in den Korridor flüchtete und dort Licht angemacht hat. Bei Laura angekommen, zieht sich Susanna an, schaut aber währenddem immer wieder einmal auch kurz zu Solveig zurück.

Solveig sitzt tief in einem der Sessel, hat ihr Sakko vom Boden aufgehoben und es sich vor den Oberkörper gepreßt, den Kopf weit vornüber hinab auf die Brust gelegt, hebt ihn einmal nur flüchtig an, um nach Jean zu sehen, da er bellt und um Laura und Susanna herumspringt, hofft, mit ihnen in die Nacht hinaus spazierengehen zu können.

Die Lampe im Korridor ist aus.

Laura und Susanna haben die Wohnung verlassen.

Jean läuft auf Solveig zu. Wieder hängt ihr Kopf weit nach vorne hinunter. Immer noch preßt sie sich ihr Sakko vor den nackten Oberkörper.

Jean geht an ihr vorbei und legt sich seitlich hinter ihrem Sessel auf den Boden, schaut zu ihr.

Manchmal durchzuckt es sie, als würde sie ein ferner Krampf durchqueren, wenn sie für Sekunden weint und wieder verstummt, weil sie nicht weinen kann.

SIE hält ein Champagnerglas, lauscht dem Gesang der Norma und schaut dabei auf den großen Bildschirm.

Vorher hatte sie neue Kerzen angezündet.

Abermals läßt sie die Aufnahmen von Bruno zurückspulen und läßt sie wieder beginnen, verfolgt den stummen Lauf der Bilder, spürt deutlich jedes der einzelnen Wörter, als könne sie die Silben fühlen, die er sagt: »A-ber Sie kön-nen doch deshalb ...«, verfolgt, wie er sich auf den Bauch legt, noch ein letztes Mal in die Kamera blicken will, dann aber doch wieder mit dem Gesicht im Sand daliegt und die Kamera sich im nähert, der Kopf zweimal hintereinander kurz zittert, sein Schädel auf die Seite kippt und er mit starren Augen ins Nichts sieht, dann stoppt sie das Video.

Sie rückt einen Schritt vom Bildschirm zurück und greift nach einer Schachtel Zigaretten, die neben ihr auf einem Tischchen liegt, steckt sich eine Zigarette an und zieht den Rauch tief in sich hinein, bläst ihn zu Seite hin aus. Sie nippt an ihrem Glas, läßt es lange an ihren Lippen, drückt es später auf ihre Zähne, spürt die Festigkeit der Zähne, das Kristall des Glases, schaut auf Bruno.

Sie stellt das Champagnerglas ab und legt die Zigarette in einen Aschenbecher, und geht nochmals einen Schritt vom Bildschirm zurück. Sie hört die Stimme der Norma, Adalgisa mischt sich ein.

Sie tritt wieder einen Schritt nach vorne und beginnt zu singen, ohne einen jeden Ton bewegt sie ihren Mund, ihren Kopf, manchmal die Arme, weit in die Höhe hinauf, und zur Seite, drückt sich mehrmals fest gegen die Brust.

Sie knöpft sich den obersten Knopf ihrer Bluse zu und bückt sich zum Videorecorder.

Sie läßt die Aufnahme weiterlaufen. Ganz kurz nur, bis am Ende der Bilder das Meer zu sehen ist. Dann stoppt sie das Video wieder. Sie sieht einen Schwan, weit draußen auf dem Wasser, den sie vorher nie bemerkte. Sie singt dabei stumm, steht reglos da.

Sie liegt auf dem Perserteppich, hingestreckt vor dem Videorecorder, mit dem Rücken zum Bildschirm. Bruno ist wieder im Standbild zu sehen, wie er in Todesangst dabei ist, den Kopf zu wenden, den Killer anflehen will.

Sie sieht Jean an, der im Schein der Stehlampe nahe neben ihr liegt und die Augen geschlossen hat, regelmäßig atmet.

Alle Kerzen sind aus, auch die Musik.

Sie genießt, daß alles still ist, riecht den toten unsichtbaren Staub im Teppich, spürt die weite, dunkle, offene Nacht.

Sie blickt zum Korridor und steht auf und sagt zu Jean, der sich mir ihr erhoben hat und sich lebhaft freut: »Nein, nein, du kannst nicht mitkommen.«

Sie macht die Stehlampe aus und zieht sich ihr Sakko über, nach und nach, rätselhaft langsam, spürt noch einmal, wie es ihr vor Stunden ausgezogen wurde, dies von Laura getan wurde, sie das gemacht hatte, wie ihr noch niemals etwas vom Körper gezogen wurde, läuft durch den dunklen Raum zum Bad und schaltet dort das Licht an.

Sie schaut in den Spiegel und erschrickt. Sie dreht den Wasserhahn auf und hat ihren Kopf gesenkt. Lärmend spritzt der Strahl in das Waschbecken.

Bald hebt sie wieder den Kopf: Zwei fremde, von einer älteren Frau weit im Schädel verborgen liegende Augen, um die herum, in tiefe, schlaffe Falten, Schminke verlaufen ist, sehen sie an und wollen aus irgendeinem Grund nicht mehr von ihr lassen, leben kaum noch, bedauern sie.

Lange spült sie sich das Gesicht und sieht dabei in das bleiche Waschbecken, wie das klare Wasser sofort im Abfluß wegläuft.

Sie geht noch viel näher an den Spiegel heran, hebt Minuten später erst wieder den Kopf und sieht scheu auf ihren Mund, kann ihre Augen gar nicht mehr wahrnehmen, so nah ist sie mit ihrem Gesicht vor dem Spiegel. Sie öffnet ihren Mund und strafft sich die Lippen, malt sie sich an, löscht, ganz nahe am Spiegel geblieben, mit der linken Hand das Licht im Bad, ohne vorher den Blick von dem Glanz ihrer roten Lippen gelöst zu haben.

8
Küsse der Möwen

Sie stoppt den Wagen und schaut auf die andere Straßenseite, in das Café hinüber, in dem sie vor Tagen, und immer am selben Tisch, erst nachts das junge Paar sah, vor dem sie flüchtete, dann mit Laura und Susanna gesessen und Brüderschaft getrunken hatte und auch Bruno kennenlernte, darauf mit ihm ans Meer fuhr und ihn später dort nur noch einmal sah, bevor er an jenem Tag auf dem allerletzten, endlosen Weg seines Lebens dem Killer zum Meer gefolgt war.

Zwei junge Männer, die etwa dreißig bis fünfunddreißig Jahre alt sind, sitzen genau an ihrem Tisch. Sonst sind kaum noch Gäste in dem Café. Sie erkennt den Kellner, der meist da war, auch bei Brunos letztem Besuch, ihn an das Telefon am Tresen geholt hat, wo Bruno noch überlegen lächelte, als er mit ihr sprach.

Es ist ihr, als würde die Zeit stehen.

Sie macht Licht an und blickt in den Rückspiegel, sie sieht, daß sie wieder schön ist und glatt. Die greise Frau, bei ihr im Bad zu Hause, muß sich während der Fahrt von ihr insgeheim abgetrennt haben.

Sie neigt sich nach rechts und öffnet das Handschuhfach, blickt auf die beiden jungen Männer, greift nach einer kleinen Flasche Parfum und ihrem Lippenstift, sprüht sich etwas Parfum hinter beide Ohren, zieht sich noch einmal die Lippen nach, legt Parfum und Lippenstift in das Handschuhfach zurück, klappt es zu, löscht das Licht und steigt aus, richtet sich ihr Sakko, schließt einen der drei dunklen Knöpfe.

Aus einem fahrenden Cabriolet, das rot ist, winkt ihr lächelnd ein dicker Mann zu, der eine Sonnenbrille trägt in dieser tiefen, lauen Nacht und laut hupt, als sie aus ihrem Auto steigt und fast in das seine läuft.

Sie springt über die Straße und geht auf ihren Tisch in dem Café zu. Die beiden Männer bemerken sie nicht, obwohl sie vorher, als das Cabriolet laut hupte, kurz auf die Straße hinausgesehen hatten.

»Gestatten, die Herren«, sagt sie.

Die beiden Männer blicken erstaunt in die Höhe. Sie haben junge, klare, unauffällige Augen.

»Ja natürlich. Aber bitte schön!«

Sie sieht ihn an, der reagiert hatte, sieht zu ihm hinab und wartet, bemerkt, wie der zweite, sein Freund, denkt sie, sie genau beobachtet, setzt sich. »Guten Abend.«

»Guten Abend«, antworten beide und blicken sie danach an, schweigen, sehen um sich, wieder auf sie zurück.

Sie schaut sich nach der Bedienung um, heute ist es die Frau, die seltener dazusein scheint als der Kellner, ruft: »Ich hätte gerne einen Kaffee! Schwarz!«, greift nach ihren Zigaretten in der Sakkotasche, legt sie auf den Tisch, zieht sich eine der Zigaretten heraus und führt sie sich an den Mund. Das tut sie ganz langsam, schaut indes mehrere Male auf die Zigarette, als wolle sie zu ihr flüstern, warte auf Feuer von einem der beiden Männer, es wird dir guttun.

»Danke.«

»Aber bitte schön.«

Der Mann bläst sacht das Streichholz aus, eine fadendünne Qualmwolke zieht in ihre Richtung. Er blickt dem Rauch nach, wie er ihrem Gesicht entgegenschwebt, sich dabei windet, verdreht, sich auflöst und zuletzt zerreißt, noch bevor er sie erreicht hat, schaut dann auf seinen Freund, der sie immer noch beobachtet, weit zurückgelehnt, als spüre er ein vorüberfliegendes, aber eben doch an seinem Tisch Platz genommen habendes Unheil, dem die Nacht, in einer ungewissen

Laune, gerade jetzt, und warum auch immer, vielleicht die Gestalt einer einzigen Frau gab.

»Zwei so interessante Männer sind um die Zeit ganz alleine unterwegs!?«

Einer legt das Streichholz in den Aschenbecher und wendet sich zu dem anderen, der ihn ernst ansieht, zurückgelehnt bleibt, aber zu seinem Bier greift, es kaum zu fassen bekommt, dann verkrampft trinkt.

»Ich wollte nicht indiskret sein. Pardon.«

Der mit dem Streichholz blickt sie wieder an.

»Im Grunde haben Sie ja recht mit dem, was Sie sagten. Aber ... aber, wenn ich Sie sehe, sehe ich auch jemanden, der alleine ist.«

Sie lächelt.

»Sie meinen mich? – Ich bin froh, endlich mal alleine zu sein ...«

Die Kellnerin stellt den Kaffee ab und geht sofort wieder.

»... ich komme kaum noch dazu, alleine zu sein. Leider. Endlich kann ich es wieder sein.«

»Darf ich Sie fragen, ob sie verheiratet sind? Übrigens, ich heiße Sören, und das«, der Mann lehnt sich zu seinem Freund hinüber und faßt ihn an der Schulter und rüttelt ihn kurz, »das ist mein Freund Steffen.«

»Laura! – Natürlich dürfen Sie das fragen. – Ich war es, ich war verheiratet! Und es ist gut so, daß ich es war, wirklich gut so, daß ich es war. – Und sie beide?«

Sie schaut zwischen Sören und Steffen hin und her. Steffen schüttelt seinen Kopf. Aber Sören antwortet: »Noch nicht.«

Sie reckt sich etwas zu Sören hinüber, faßt nach seinem Bierglas. »Könnte ich einen kleinen Schluck trinken?«

»Aber natürlich, es ist nur nicht mehr sehr frisch.«

Sie nippt an dem Glas.

»Ich kann Ihnen auch eins bestellen?«

»Nein, nein, vielen Dank«, sie wirkt auf einmal beinahe abweisend«, mir gefällt es hier, ehrlich gesagt, auch nicht so richtig. – Ich werde bald wieder gehen.«

Sören ist bestürzt, sieht zu Steffen, der auf den Boden blickt.

»Vielleicht dürfte ich Sie noch einladen ... Woandershin?«

»Und Ihr Freund?«

»Der muß ohnehin ins Bett; er muß morgen sehr früh raus. Ach, was sage ich, ich meine natürlich heute.«

Sören lacht. Steffen blickt immer noch auf den Boden. Sein Körper ist regungslos, nur sein linker Arm rührt sich. Er schaut auf die Armbanduhr, sieht darauf erst Sören an, sieht Augenblicke später kurz zu ihr und sagt leise: »Er hat recht, tschau«, steht auf und geht, ohne auch noch nur ein weiteres Wort gesagt zu haben.

BLÜHENDES, zufriedenes Lachen aus dem Nebenraum, das plötzlich unvorbereitet abebbt.

Er löscht schnell das Licht, steckt die Zigarettenschachtel in eine Hosentasche und schiebt die Tür vorsichtig einen Spalt auf. Er hat sich geduscht und sich ein neues T-Shirt angezogen. Sie sitzt im Wohnzimmer auf seinem Sofa. Als sähe er es das erste Mal, dieses alte Ungetüm, das mit einem Stoff überzogen ist, auf dem Blätterranken, wie die von Efeu, sich weit verästelt um das Möbel schlingen. Neben ihr, auf dem derben Stoff, liegt ihr Jackett, und sie blickt zur Decke hoch, sitzt kultiviert da, hat sich weit zurückgelehnt, die Beine übereinandergeschlagen, über und zwischen den vielen Blätterranken.

Er atmet ruhig, hört dem Atmen zu und sieht, wie sie sich vorbeugt und um sich sieht. Hat sie jetzt erst bemerkt, daß sie in einem fremden Raum ist? Schnell greift sie nach einer Flasche vor ihr auf dem Tisch und schenkt sich Rotwein nach, obwohl noch genügend Wein in ihrem Glas war, schenkt auch ihm nach.

Sie nippt an ihrem Glas und schaut in seine Richtung.

Er bückt sich schnell, zieht den Kopf ein, hört, wie sie ruft; eine fremde Stimme, bei ihm zu Hause, weit in der Nacht.

»Sören! Warum ist es nur so still hier? Warum hast du keine Musik an? Hast du keine CDs? Ich möchte tanzen. Sören, wo bist du so lange?!«

Er hockt über dem Boden, sieht nur ihre Beine, bemerkt jetzt erst, daß ihre Fesseln relativ dicklich sind, sieht die Beine plötzlich auf sich zugehen. Hat sie ihn etwa gesehen? Er springt auf und tippt, um Ruhe bemüht, an die Tür, stößt sie lautlos auf. Er spürt, wie das Licht des anderen Raumes ihn überflutet, ihn entdeckt, als würde es ihn feiern, und ihn schließlich in sein Wohnzimmer zieht, bevor er noch selbst den allerersten Schritt machen kann. Er fühlt sich heute unwohl im Licht. Er riecht den Rotwein, den er schon ewig stehen hatte, noch von Silvester, riecht ihr Parfum, bemerkt, daß sie stehengeblieben ist, blickt sie an und läuft dann doch auf sie zu.

»Komm her, Laura! Komm!« entstand in ihm, wie er es sagen wollte, aber die Worte bleiben ihm fremd.

Er sieht, wie seine großen Hände, als hätte er keine Macht über irgend etwas mehr, beginnen, ihr die Bluse aufzuknöpfen, spürt, wie sich ihr Körper, von den Schultern bis in die Beine hinunter, aus ihrem Zentrum zu einer Seite hin windet, wie sie ein Bein emporhebt, ein Knie in die Höhe reckt, und wie ihr der Kopf zuletzt weit in den Nacken fällt. Er denkt, sie würde nun gleich stöhnen, aber verfolgt, wie sie ihren Kopf wieder aufrichtet und ihn statt dessen tadelnd ansieht, und auf einmal, und wie ein Kind, das besonders altklug ist, wie eines von den Kindern, die er schon haßte, als er selbst noch klein war, ermahnend zu ihm sagt: »Nein, nein, Sören, das macht die Laura besser ganz alleine«, und dabei seine Hände von ihren Blusenknöpfen stößt.

Er spürt, wie sie ihn derb zurückdrückt, und sieht ihr nach, beobachtet erstaunt, fühlt, als sie rückwärts von ihm geht, daß sie ihn verliert, als würde er von ihr weg nach draußen in die Nacht rasen, und spürt das aber seltsam durchsichtig, wie er noch nie irgend etwas erlebte und mit in sich hineinnahm, seit er sich erinnern kann, bis in die ferne Kindheit, obwohl sie jetzt, nach einem Schritt, ganz nah bei ihm, schon wieder stehenbleibt, innehält und sich auf einmal selbst beginnt, ihre Bluse, Knopf für Knopf, weiter zu öffnen.

Ihm ist, als stünde sie auf einem jämmerlichen Strippodest.

Er sieht ihr genau zu.

Er fühlt, wie sich in allen ihren Bewegungen, selbst schon in einem kurzen Drehen mit der Hüfte, ja gar nur, indem sie ihre Wimpern aufeinanderlegt, als würde sie singen wollen und dann doch stumm bleibt, ein Wunsch nach Sich-Zeigen drängt. Und er sieht genau, daß diese gewaltige Sehnsucht auf ein Nicht-Können trifft, und daß dieses Nicht-Können, schon Augenblicke später, erbarmungslos gesiegt hat, als sie ihre Bluse geziert auf den Boden seines Zimmers fallen ließ.

Und wie die Bluse daliegt: traurig, verletzt.

Als sie sich aber den Verschluß ihres BHs öffnen will, läßt sie plötzlich davon ab und tritt wieder auf ihn zu, wartet Sekunden und knöpft ihm dann langsam sein Hemd auf, bricht auch das plötzlich ab und geht auf sein Radio zu, schaltet es an und sucht, da ihr die Musik wohl nicht gefiel, denn was sollte es sonst wohl sein, denkt er sich, nach einem anderen Sender. Wort- und Musikfetzen, als zitterten sie, als wollten sie flüchten, hasten überall herum.

Er bückt sich zum Boden und greift nach ihrer Bluse, faßt sie und geht auf sie zu.

Sie steht noch vor dem Radio und sucht nach Musik.

Und als sie sich umdreht und ihn ansieht und lächelt, sagt er ihr leise: » Laß mal, Laura, und sei mir nicht böse, aber mir ist nicht gut ... Ich bring' dich zum Taxistand, ja? – Hier, die Bluse.«

Sie packt die Bluse und zieht sie sich schnell an, so, als würde sie sich plötzlich ohne sie schämen. Ihre Augen blicken ihn an, mit einer furchtbaren Starre, mit einer Traurigkeit, vor der etwas Kriegerisches liegt, etwas, das ungezügelt alleine ist und das sie, denkt er, so viel Kraft kosten muß, daß sie uralt wirkt, wie ein für allemal besiegt, und ohne einen jeden, jeden Feind. Und als er ihr über das Haar streichen will, streckt sie ihren Körper weit in die Höhe, reißt ihren Kopf von seiner Hand fort und holt tief Luft, als wolle sie schreien. Dann aber geht sie zum Sofa, greift nach ihrem Sakko, zieht es sich an, knöpft es zu und läuft in den Korridor, mühsam, als wäre sie urplötzlich von einer gewaltigen Erschöpftheit befallen, als wäre sie, selbst überrascht, aus heiterem Himmel sterbenskrank.

Er sieht ihr ratlos nach, verfolgt, wie sie durch den Korridor geht, die Wohnungstür öffnet, sie von draußen leise schließt, hält sich am Sofa fest, mitten zwischen den vielen Ranken von Blättern.

SIE beobachtet, wie der Wind vom Meer zu ihr kommt, als würde er sich nur schwer von den Brechern lösen wollen und sich dann endlich doch auf den Strand stürzt, dort, als wäre er verstört, weißen Sand erfaßt und diesen johlend durch die Dünen treibt.

Sie steht aufrecht vor ihrer alten Kuhle, senkt den Kopf und blickt in sie hinab. Wüßte jemand nicht von dieser Kuhle, er würde sie gar nicht wahrnehmen, so flach ist sie heute nur noch, die große, lange Vertiefung, in der Bruno einschlief, starb; vom Wind ist sie beinahe zugeweht.

Sie wendet sich nach rechts und links; kein Mensch ist zu sehen. Kleine Sandfontänen da und dort steigen mit dem Wind in die Höhe, lösen sich wieder auf, nach unten zum Strand.

Sie kniet sich in den Sand und schiebt mit den Händen den Rest der Kuhle zu.

Sie zeichnet mit dem Zeigefinger der rechten Hand ein Kreuz in den feinen Sand. Sie greift in die Düne und steht auf, beugt sich über die lang hingezogenen Linien und läßt den Sand aus ihren Händen hinunterrieseln, wartet: bis der rasende Wind die allerletzten Spuren des Kreuzes verweht hat.

Sie schaut auf das Meer hinaus, wie ihr die Brecher entgegendrängen. Sie schließt die Augen und es wird finster, und sie hört den strahlenden Donner der Wassermassen. Sie fühlt: sich – genau.

DIE Wellen sind noch größer geworden.

Sie trägt eine Sonnenbrille, sieht an sich hinunter.

Das Weiß der Bank, auf der sie jetzt, am Ende der Seebrücke über dem Meer, in der prallen Sonne sitzt, war ohne die Brille für die Augen kaum zu ertragen gewesen.

Sie hebt den Kopf an und sieht auf das Meer hinaus und drückt sich ihr Handy gegen das Herz.

Ein altes Ehepaar umrundet sie. Abwechselnd schauen der Mann und seine gehbehinderte Frau auf die reglose Solveig, wie sie dasitzt, sich die Hände gegen ihre Brust drückt und auf das Meer hinausblickt, ohne die beiden Alten dabei zu bemerken.

Sie rückt einige Zentimeter weiter nach rechts und greift mit der linken Hand nach einer kleinen Ledertasche auf der Bank, legt sich das Handy auf die Oberschenkel und zieht aus dem glatten Ledertäschchen ihren Walkman, setzt sich den kleinen Kopfhörer auf und schaltet das Gerät ein, giert jetzt auf die Stimmen. »Ja …?«

Und da beginnt auch schon der Killer zu sprechen und sagt: »Ich melde mich wieder.«

Krächzend fliegen Möwen vorbei, verstummen schnell, verschluckt vom Sturm ihr Gelärm.

»Und?« hört sie sich endlich wieder.

»Ich bin jetzt am Meer … Sie und Ihre Wünsche.«

»Und!?«

»Er hat jetzt Angst.«

Sie hört den Wind rauschen; weit hinter sich die Brandung.

»Es ist jetzt soweit.«

Jetzt gleich stirbt Bruno, sie weiß es genau, sie erlebt es wieder.

»Ich soll Ihnen etwas von Angst sagen ... und von Erotik.«
»Was!?«
Sie schaltet den Walkman ab und schaut sich um, die Kopfhörer auf den Ohren, die Sonnenbrille vor den Augen; sie ist alleine, blickt dann wieder auf das Meer.

MONDSCHEIN spiegelt sich auf dem Wasser; in stillen, kleinen Wellen.

Sie sitzt auf der Bank, am Ende der Seebrücke. Ihr ist kalt. Sie verschränkt die Arme und legt den Kopf auf die Brust.

Manchmal spürt sie, wie sie zittert, fühlt sich durch und durch, bis zum Horizont.

Sie steht auf und nimmt die Kopfhörer ab, öffnet den Walkman und zieht die Kassette aus ihm heraus, steckt den Walkman und das Handy in die Tasche und schaut auf die Kassette, wie das kleine Ding daliegt, auf den Latten der weißen Bank: flach, dunkel, tot.

Ihr roter Pulli glimmt im Mondlicht.

Sie bückt sich langsam und greift die Kassette. Dann wirft sie sie ins Meer hinab. Sie wendet sich ab, noch bevor die Kassette das Wasser erreicht hat, und läuft auf das Ufer zu. Erst gelassen, später getriebener, dann rennt sie schnell, als würde sie dabei schreien.

SIE wartet an der langen Bar, hat sich aufgestützt, das Kinn in einer Hand vergraben. Die Männer neben ihr beachten sie nicht.

Sie zieht sich den hochgeschlagenen Kragen ihres Trenchcoats näher an den Hals heran, bis gegen die Ohren, steckt sich ihr Haar hinter den dicken, festen Stoff. Als wären sie dort noch nie gewesen, noch nie gewesen.

»Ein Glas Champagner, die Dame?«

Sie hört die vertraute Stimme des Barkeepers. Von der Seite her ist er zu ihr getreten.

»Ja, bitte.«

Sie hat ihn noch nicht angesehen, spürt aber genau, daß er auf sie achtet.

Sie zieht sich eine Zigarette aus der Schachtel und will sie sich anstecken, da aber brennt nahe vor ihr schon ein Streichholz. Sie sieht den Keeper an, wie in seinen wachen, dunklen Augen auch die kleine Flamme flackert, bevor sie dann überhaupt erlischt. Er sieht nicht überrascht aus.

»Danke ... Sie hatten recht, als wir uns das letzte Mal sahen: Es hat geholfen.«

Der Mann gießt einem Gast einen Whisky ein. »Das freut mich aber für Sie«, ruft er ihr zu.

Sie wartet, hat das Gefühl, daß der Keeper sich gleich wieder zu ihr wenden wird, blickt in den Champagner hinein, wie kleine Gasperlen sich immer und immer wieder vom Boden des Glases lösen und nach oben schnellen, und spricht weiter, als sie ihn wieder neben sich weiß, ohne aufgesehen zu haben, spürt, wie er sie mustert. »Aber ... aber einen Nachteil hat das Ganze.«

Sie fühlt, daß der Keeper sie immer noch ansieht, staunt er?

»Einen Nachteil?«

Der große, kräftige Mann hat sich tänzelnd zu einem Gast bewegt, der weit weg von ihr sitzt. Sie beobachtet, wie er lächelnd mit ihm redet, als hätten er mit ihr vorher kein Wort gewechselt, als hätte er sie zuletzt nichts gefragt, und dabei hatte er ja von ihr noch nicht einmal eine Antwort bekommen. Wie sein Pferdeschwanz beim Reden pendelt.

Sie sieht um sich: Zigarettenrauch im bunten Licht. Und es sind relativ viele Menschen da; es gehen und kommen welche.

Sie blickt wieder in ihr Champagnerglas und bemerkt zugleich, wie sich zwei Personen stumm neben sie setzen. Später, sie fühlt, daß sie sich aus irgendeinem Grund nicht mehr zurückhalten kann, richten sich ihre Augen zur Seite, auf den Rücken einer Frau, die noch sehr jung sein muß und hinter der ein Mann sitzt, von dem sie aber nur die schlanken Hände sehen kann, die er beide ruhig und exakt nebeneinander auf die Bar gelegt hat. Als die Frau unerwartet ihren Kopf wendet und sie anblickt, bewegen sich deren rote Haare, die an ihr in langen Wellen bis weit über den weißen Nacken und das Dekolleté ihres hautengen, tiefblauen Kleides hinunterreichen. Mild sind ihre Augen, und weit offen, als wäre sie eben gerade erst geboren worden, unverletzt.

Als der Barkeeper erscheint, spricht die Frau ihn sanft an und wendet sich wieder von Solveig ab.

»Zwei Martini.«

»Zwei Martini«, wiederholt der Keeper, ohne die Rothaarige oder ihren Begleiter anzusehen, und beschäftigt sich dann damit, die Martinis fertig zu machen, steht dabei in unmittelbarer Nähe von Solveig.

»Übrigens, was ich noch sagen wollte ... wissen Sie, was der Nachteil ist«, spricht die nun leise weiter. »Es braucht sich zu schnell auf ... die gute Wirkung, sie verfliegt zu schnell.«

»Da kann man nichts machen ...« Der Keeper reicht der rothaarigen Frau und ihrem Begleiter die Martinis, und Solveig beobachtet, wie in dieser Zeit der Mann seiner Begleiterin etwas ins Ohr flüstert, aufsteht und die Bar verläßt.

Die rothaarige Frau blickt auf ihre Armbanduhr, dann ihrem Begleiter hinterher, und wendet sich etwas später wieder unvermittelt an Solveig. »Darf ich?«

Die Frau hat ihren Arm nach Solveigs Feuerzeug ausgestreckt.

»Bitte«.

»Wissen Sie ...« redet Solveig weiter, währenddem die Fremde sich ihre Zigarette anzündet und genüßlich den Rauch tief in ihre Lungen hineinzieht und sich noch einmal zum Eingang umgedreht hat. »... wissen Sie, ich schreibe einfach noch einmal, wie damals, auf einen der Rechnungszettel hier.«

Sie schreibt ihre Telefonnummern auf einen der Zettel, greift nach ihrem Portemonnaie, zieht einen Schein aus ihm heraus und schiebt ihn zusammen mit dem kleinen Stück Papier zu dem Barkeeper hinüber.

»Danke. – Aber das hilft nicht immer. Sie sollten das wissen. Aber ich wünsche Ihnen dennoch einen schönen nächsten Tag. Mehr kann ich wirklich nicht tun.«

Solveig sieht zu der rothaarigen Frau hinüber, die trinkt von dem verlassenen Martini ihres Begleiters, bemerkt Solveigs Blick gar nicht.

»Ich danke Ihnen«, Solveig geht und winkt dem Barkeeper kurz zu. Und er sieht ihr nach, steht gerade und groß da, kämmt sich die glatten Haare.

Solveig hört Stimmengewirr, wie sie es vorher gar nicht wahrnahm. Sie ist an der Tür angekommen und dreht sich noch einmal um, Menschen sitzen und laufen und unterhalten sich, am Ende des Raumes, hinter der Bar, steht der Keeper, hält mit der einen Hand eine Flasche in die Höhe und mit der anderen ein Glas, ganz tief unten, so als wolle er es vollgießen. Aber er sieht ihr nur nach, auf einmal reglos, im roten Licht.

RIESIGE Wale schwimmen und werden von Delphinen umkreist.

Sie hat sich auf den Boden geschmiegt. Mit dem Rücken auf weichen Korallen, an denen sie sich mit beiden Händen festklammert und nach oben schaut. Auf manchen der Delphine, die sich in den verschiedensten Höhen über ihr tummeln, sitzen halbwüchsige Mädchen, die kleine, helle Lampen in ihren Händen tragen und damit die allergrößten der Wale anstrahlen. Und wenn einer von ihnen sein Maul öffnet, klingelt es laut, und alle der vielen kleinen Mädchen lachen und schalten ihre Lichter kurz aus, so daß es stets, wenn es klingelt, fast völlig finster ist, und wenn das schemenhaft-surrende Läuten aufhört, dann machen alle Kinder das Licht sofort wieder an.

Als eines der Mädchen Solveig aus nächster Distanz in die Augen leuchtet, läßt sie die Korallen los und schnellt nach oben, rast fernem Himmelsschein entgegen, an Seesternen mit langen gelben Vogelschnäbeln vorbei, schreit dabei beschwörend nach ihrer Mutter.

SIE fühlt seidenes Bettzeug um sich. Sie öffnet die Augen. Sonnenschein neben ihr auf dem glatten Laken. Und wieder läutet es, als würde einer der Wale eben sein Maul geöffnet haben.

Sie setzt sich auf und greift zum Telefon, schaut auf die hohen Häuser am weiten Ende der Stadt, zieht sich das Nachthemd über die Knie, spannt es an ihren Körper wie eine zweite feine Haut und sagt: »Ja ...«, nochmals verhalten, zweifelnd: »Ja.«

»Ich melde mich wieder.«

»Endlich ...!«

Sie läßt ihren Oberkörper zurück auf das Bett fallen, ist nun hellwach.

»Endlich?«

»Hat man Ihnen denn nicht Bescheid gegeben?«

»Bescheid ...? Ich wollte nur wissen, ob Sie zufrieden sind.«

»Zufrieden ...?« Sie schaut auf ihr Nachthemd, rafft den Stoff über einem der Oberschenkel, als würde sie ihn plissieren wollen, hält die Falten mit zwei Fingern zusammen, spürt ihr warmes Bein darunter, winkelt es an, spürt, wie der Stoff sich unglaublich milde um den Schenkel schmiegt. »Schon zufrieden, aber es gab neue Vorkommnisse, die ... die es erforderlich machen, daß ich ein ... ein solches Gerät brauche, mit dem ich dann alleine machen könnte, was Sie ja eigentlich viel besser können.«

Sie hört nichts, spürt, daß der Killer überlegt, spürt, daß er nicht weiß, was er sagen soll.

»Alleine?«

»Sie haben mich also doch verstanden. Ja, diesmal alleine.«

Sie läßt den gerafften Stoff über dem Schenkel los und

streicht die Falten langsam nach und nach glatt, zieht sich die Bettdecke über die Knie und streckt beide Beine weit von sich. Sie will nichts mehr sagen, will unbedingt warten, bis der Killer als erster wieder spricht, spürt, wie sich ihre Zehen von selber immer mehr zu Krallen krümmen, ihr die Sehnen schmerzen, kann die Zehen doch bald wieder gerade strecken und sagt leise: » Hallo ...? Hallo, sind Sie noch da?«

»Ich bin da. – Wir sehen uns morgen um fünfzehn Uhr. Dort, wo wir uns das letzte Mal trafen ... mit den Booten. Ich melde mich sonst wieder.«

»Sonst? ...«

DAS Meer ist glatt.

Die Stille hinter dem Geräusch des kleinen Motors legt sich, vom Himmel aus, grauenhaft auf die Glätte, zermalmt das Summen des Motors; ist vielleicht sogar die unendlich weite Glätte selbst; vermutlich.

Oft wendet sie sich um, damit sie wenigstens im Kielwasser etwas wahrnimmt, das sie erreicht, das sich regt.

Die Küste kann sie kaum noch erkennen.

Keine Möwe begegnet ihr.

Sie blickt auf ihren Trenchcoat, der vor ihr, auf der winzigen Bank, im Bug liegt. Auf ihm befindet sich ihr Handy, als wäre es von der Stille zerstört worden.

»Ja.«

Sie ist zum Handy gestürzt, preßt es sich an ein Ohr und lauert auf Worte, blickt den Horizont entlang, hat den Motor ausgemacht. Das Boot schaukelt.

Kein Ton ist; stiller kann es nicht sein.

Sie faßt sich an den Hals.

»Ich melde mich wieder.«

»Gott sei Dank, endlich. – Ich bin genau dort, wo wir es ausgemacht haben!«

Sie schaut um sich, zum Land zurück, kann es nicht mehr sehen.

»Gut, fahren Sie weiter, aufs Meer hinaus, ich bin gleich bei Ihnen. Sie werden mich gleich sehen.«

Sie startet wieder den Motor und das Boot schwimmt los, sie stammelt: »Gut, ich fahre jetzt weiter«, reckt den Hals bang zum Horizont zurück.

DER Killer trägt wieder das Amselgesicht um seinen Kopf. Neben dem massigen, gelben Schnabel preßt er einen Feldstecher gegen die beiden kleinen Augenöffnungen und blickt um sich.

Dann legt er das Fernglas wieder fort.

»Warten Sie, ich werfe Ihnen ein Seil zu.«

Ruhig tuckert der Motor der Jacht. Immer wieder spritzen Wassertropfen aus den beiden Auspuffrohren am Heck des weißen Bootes ins Meer hinein.

»Das ist wieder nicht Ihr's?«

Der Killer steht mit einem langen Seil da und ruft: »Natürlich ist das nicht mein Boot. Ich brauche so etwas nicht. Also, hier das Seil, passen Sie auf!« Und dann wirft er ihr den grauen, ausgeblichenen Strick zu, so daß er nahe vor ihr im Wasser schwimmt.

»Und ... was soll ich damit?« Solveig hat das Seil zu fassen bekommen.

»Binden Sie es vorne an die Spitze Ihres Kahns. Da, an den Haken.«

Sie ist zur Spitze ihres Bootes geschwankt, hat sich dort auf die Bank gesetzt und bindet des Seil an den Haken, den der Killer meinte.

»Und nun?«

»Gehen Sie nach hinten und klappen Sie Ihren Motor hoch, setzen Sie sich hin und halten Sie sich gut fest. Wir fahren noch ein Stück weiter raus.«

Sie dreht sich um und sieht ängstlich zurück. »Wieso machen wir das denn, die Küste ist doch gar nicht mehr zu sehen.«

Der Killer schüttelt mehrmals den Kopf, so daß der lange Schnabel hin und her schwingt, und blickt dann auch in

Richtung Küste und sagt: »Nein, nein, hier bleiben wir nicht, wir sind noch zu nahe am Land«, geht dann in seine Kajüte und ruft: »Also Achtung!«

Und schon rotieren die Schrauben und wirbeln das ebene, tote Wasser stark auf, und sogleich strafft sich das Seil, das Solveig am Bug ihres Kahns festmachte, als wolle es bersten, und ihr Kahn wird von der Jacht mitgerissen.

Sie kauert sich zusammen und klammert sich an ihre Bank und bemüht sich, mit einer Hand ihr Boot zu steuern, doch es schlittert nur auf dem Wasser und hüpft dann und wann sogar darüber hinweg, hin und her: Solveigs Mund ist weit offen.

Sie hört, wie die Motoren der Jacht verstummen, spürt, daß ihr Kahn wieder tiefer im Wasser liegt, daß er bleiern treibt, die Stille, die sie vorher noch bedrückte, nun wie ein Streicheln, wie ein sanftes Streicheln, ganz lebendig um sie ist.

Sie öffnet die Augen nur einen winzigen Spalt.

Sie sieht, daß der Killer durch das Fernglas schaut.

Sie klammert sich immer noch an die Bank. Sie verfolgt, wie der Killer in die Kajüte geht.

Sie spürt nun immer mehr die Stille, und daß diese Stille laufend wächst und schon bald wie unabwendbar grausam wird, und einzig nur auf sie alleine zuzuschweben scheint, fühlt, wie ihr Kahn taub in dieser Stille treibt, wie sie alleine aufzusteigen scheint, erkennt zur selben Zeit die Konturen der großen Jacht genau vor sich, dann einen Arm, darauf eine Hand, die sich nach ihr reckt und pendelnd bewegt, hört: »Kommen Sie. – Na kommen Sie ruhig.«

Sie öffnet die Augen ein wenig mehr, versucht dem Warten der Fingern näher zu kommen, kann sich nicht von der Bank lösen, stolpert dann doch los, taumelt dahin, faßt die Hand und fühlt kurz darauf, daß sie behutsam, und als würde sie sich dabei aus der Stille schälen können, als würde sie sie endlich verlassen dürfen, spürt, wie sie in die Jacht gezogen wird.

Sie öffnet die Augen, bemerkt, wie die Hand sie eilig losläßt, spürt, wie der Killer sie durch die leeren Augen des Amselkopfes hindurch erwartungsvoll ansieht, wie er im Dunkel, hinter der Maske, sein eigenes blindes Leben führt.

»Ich dachte, ich sterbe.«

Der Killer hält ihr einen Revolver entgegen, streckt ihn ihr auf der offenen Innenhand immer näher. »So schnell stirbt man nicht! Hier, hier ist die Waffe.«

Kleiner als die Handfläche des Killers ist der Revolver, und als sie ihn sich greift, erschrickt sie, wie schwer doch die winzige Waffe ist. Wieder spürt sie den Blick des Killers auf sich, immer noch hält er seine offene Hand vor sie hingestreckt, und sie fühlt, daß diese Hand etwas trägt, was nur und wirklich nur mit ihm zu tun hat, und was ihr wohl niemals gehören kann.

An der Maske vorbei, zwängt der Killer sich einen rosafarbenen Luftballon an seinen Mund.

Sie steht neben ihm und sieht zu, wie er den Luftballon aufbläst und der Ballon wächst, zu einer Raupe wächst, sich immer mehr in die Länge streckt, und wie er diese Raupe bald gewissenhaft verknotet und danach auf das Meer hinauswirft.

Beide stehen auf dem langgezogenen Bug der Jacht nebeneinander in der Sonne, der Himmel ist ohne eine einzige Wolke.

Der Ballon treibt über das glatte Meer, als hätte ihn eine Böe erfaßt, als winde er sich, als hätte er Angst, als schreie die Raupe vergeblich.

»Und nun heben Sie den Arm. Ja so, und strecken Sie ihn noch mehr ... und etwas mehr in die Knie gehen.«

Solveig steht da und zielt auf den Ballon. »Sie müssen sich

völlig aufgeben, Ihr Ziel spüren, bis in die Seele hinein, dann, dann können Sie es nicht verfehlen. – Gut, drücken Sie jetzt ruhig ab.«

Es knallt. Solveig hat ihren Kopf zur Seite gerissen und die Augen zugepreßt. Langsam wendet sie sich wieder nach vorne und öffnet sie, sieht auf das Meer hinab, wo der Ballon treibt.

»Ich schaff' das nicht! Ich schaffe das nie!«

Der Killer zieht unter seinem Sakko eine Pistole hervor. Dadurch, daß ein schlanker Schalldämpfer den Lauf der ohnehin schon großen Waffe noch weiter in die Länge zieht, wirkt sie wie ein winziges Gewehr. Er zielt und trifft den Ballon, der inzwischen schon sehr viel weiter getrieben ist, sofort. Unbewegt sieht der Mann noch einige Sekunden in die Richtung, wo kurz vorher der Ballon schwamm und sich tänzelnd drehte, noch vom Hauch einer kleinen Böe erfaßt wurde, als hätte er fliehen wollen: arme Raupe.

Sie sieht, wie entspannt der Körper des Killers ist, und daß seine Lungen kaum atmen. Sie denkt, er befindet sich in Trance. Vielleicht erlebt er nun, tief in sich, einen großen Sieg, einen, der ihm über einen maßlosen Gegner, ja vielleicht sogar diese unendlich maßlose Leere der Stille gelang.

»Man sieht, daß es Ihr Beruf ist. – – Ich hatte bis eben nicht geglaubt, daß es so etwas wirklich gibt, daß solche Menschen wie Sie tatsächlich existieren.«

Der Killer blickt noch auf das Meer hinaus, senkt jetzt erst den Arm mit der Waffe und steckt die Pistole auf einmal behende unter sein Sakko. Sie sieht genau, wie er unmittelbar danach, mit der selben Hand, dort, wo seine Waffe sitzt, liebevoll und sacht auf sein Jackett drückt und dabei vorübergehend hinauf in den klaren Himmel schaut.

Solveig legt ihren kleinen Revolver auf das saubere, hellblaue Deck und setzt sich daneben, blickt in das Wasser hinab und läßt ihre Beine über die Reling baumeln. »Ich glaube, ich gebe lieber auf.«

»Wieso denn? Sie werden es gleich können.« Der Killer ist näher neben Solveig getreten und schaut auf sie herab, hat nun beide Hände tief in den Hosentaschen. »Und wenn Sie dann später geschossen haben, ich meine, Ihre Angelegenheit erledigt ist, werfen Sie den Revolver auf jeden Fall sofort weg. – Ich arbeite immer nur wenige, oder gar nur ein einziges Mal mit ein und derselben Waffe. Diese ...« und der Killer zeigt auf Solveigs Revolver, und sie blickt zu ihm hinauf, wie er zu ihr durch seine Maske hindurchspricht, als wäre das Amselantlitz vielleicht doch sein wahres Gesicht und es gäbe dahinter gar nichts, »... diese ist nicht meine, es ist Ihre.«

»Soll ich sie später in einen Fluß werfen?«

»Ja, zum Beispiel, aber nicht direkt an einer Brücke«, der Killer hebt wieder seinen Kopf und blickt zurück auf das Meer. Sie spürt, daß er aus irgendeinem Grunde stockt und schweigt, so als würde er nun am liebsten mit in der Stille aufgehen.

»Aber warum«, setzt der Mann dann doch auf einmal überraschenderweise wieder ein, so daß sie sogar ein wenig erschrickt, blickt dabei jedoch nicht zu Solveig herunter. »Warum eigentlich wollen Sie es überhaupt alleine machen?«

»Eigentlich«, und Solveig überlegt, »und Ihre Frage ist daher inzwischen auch sehr berechtigt«, fährt sie nach kurzer Pause fort, »weiß ich es auch nicht mehr. Es ist mir im Moment wieder völlig fremd: ganz und gar fremd.«

Der Killer tritt jetzt noch näher an sie heran und reicht ihr eine Hand. »Kommen Sie, kommen Sie lieber wieder hoch, sonst fallen Sie mir noch ins Wasser hinein.«

Nachdem Solveig wieder steht, tritt der Killer zwei Schritte von ihr zurück und redet, leiser geworden, weiter: »Wenn es am Geld liegen sollte ... ich mache es für Sie auch billiger.« Und da Solveig nicht antwortet, redet der Killer kurzerhand weiter und tut so, als hätte es die Unterbrechung gar nicht gegeben. »Ich würde es sogar umsonst machen.«

»Am Geld liegt's nicht. Nein, nein ... nein ...«

Solveig spürt auf einmal, daß der Killer nicht mehr sprechen will. Und gleichzeitig ist ihr aber auch so, als würde er sie zum Weiterreden zwingen wollen und mit seinen Augen hinter dem Amselgesicht nun noch präziser als jemals zuvor auf sie achten, und trotzdem auch irgendwie warten.

Sie dreht sich von dem Mann weg und blickt zu ihrem kleinen Kahn zurück, unbewegt schwimmt er, vielleicht sind es vier Meter, von der Jacht entfernt, auf dem glatten Meereswasser. Auf der kleinen, dreieckigen Bank im Bug liegt ihr Trenchcoat. Sie spürt, daß sie wieder reden muß, daß sie nie so lange wird warten können wie er, und ihm dieser Kampf wohl nichts als nur Genuß bringt.

»Darf ich Ihnen eine persönliche Frage stellen?«

Solveig wundert sich, daß der Killer sofort »Sicher!« sagt, und sie schaut wieder zu ihm hinauf. »Natürlich dürfen Sie es.« Der Killer steht immer noch da und schaut auf das Meer hinaus.

»Warum, und verstehen Sie mich bitte nicht falsch, töten Sie eigentlich? Ich meine, nicht für Geld, sondern überhaupt: warum können Sie es; einfach so.«

Der Killer schweigt lange und wendet sich dann zu Solveig herum. »Das ist schwer zu formulieren, was Sie mich da fragen. – *Sie* leben vielleicht noch dreißig Jahre, vierzig Jahre, vielleicht aber auch nur noch zwei Tage – unerhebliche Differenz. – Hier auf dem Meer spürt man es, wie bedeutungslos diese Differenz ist ... Es ist gar keine ...!«

Solveig sieht zu dem Mann mit dem Vogelgesicht, wie er jetzt wieder schweigend auf das Meer sieht, als wären ihm seine Gedanken vorher von dort zugeflogen.

Sie bückt sich zum Deck hinunter und legt sich nach und nach lang auf den Rücken, spürt, wie heiß das Deck von der Sonne wurde.

Als der Killer zu reden fortfährt, hört sie ihn auf einmal wie aus der Ferne, als würde er leise mit sich selber sprechen, als würden seine Wörter einzeln und in der Stille um sie gleiten, so rein, ja mild klingen sie, und sie hat indessen die Augen geschlossen. »Wenn ich es tue, hebe ich die Zeit auf – Es ist etwas ganz Trockenes ... etwas Abstraktes ... Ich schaffe mich als Mensch ab. Ich fühle mich ganz und gar offen ... ausgesprochen weit.«

Sie spürt genau, wie der Killer seine Worte erlebt hat, wie sie in ihm, in dieser Pause, die er nun macht, weiter nachhallen, wie er dabei ist, sich in sie hineinzulösen, und daß es ihm nun wohl irgendwie ähnlich ergehen muß, wie er ihr es vorher, beim Schießen, geraten hatte: die Dinge bis in die Seele zu spüren, um sie dann einfach zerstören zu können, wie er es bestimmt mit allen seinen Opfern machte, und sicher auch künftig wird weiter machen müssen.

»Vielleicht ...« fährt der Killer auf einmal fort, und Solveig hört ihm wieder gebannt zu. »... vielleicht ist es das. – Aber, was ich im Grunde sagen wollte, ist, wenn ich mich so ... so unendlich weit fühle, dann ist es überhaupt nicht schwer. – Ich meine, zu töten ... überhaupt nicht ...! Glauben Sie mir: es ist dann gar kein Töten.«

Solveig öffnet die Augen, setzt sich wieder auf und blickt zum Killer empor, der immer noch auf das Meer hinaussieht, sich nicht rührt.

»Gut ...! Machen Sie es noch mal, für mich. Aber ohne zum Schluß zu töten! Sie bekommen das Geld, als würden Sie getötet haben. Aber in Wirklichkeit, machen Sie ihm nur Angst. Diese Angst, seine Angst, die will ich sehen!«

Der Killer bewegt nun seinen Kopf, nur seinen Kopf, sieht Solveig an und hört ihr wie versteinert zu. »Ich will sehen, wie ... wie ... wie er ... – – Und machen Sie das Video diesmal mit Ton. – In Ordnung?«

»Kein Problem.«

Solveig greift ihren Revolver, steht auf, geht zum Killer und möchte ihm die Waffe wiedergeben. »Hier, bitte.«

»Es ist Ihre. Sie können sie behalten.«

Und da zieht der Mann wieder einen Luftballon aus seiner Sakkotasche und bläst ihn auf, verknotet ihn, geht zur Reling und wirft ihn über Bord. »Kommen Sie ... kommen Sie her.«

Der Killer winkt Solveig zu, und sie geht zu ihm, hat noch ihren Revolver in der rechten Hand, umfaßt ihn jetzt entschlossen.

Als sie neben dem Killer steht und versucht, ihm durch seine Sehschlitze in die Augen zu schauen, tritt der Mann rasch hinter sie. »Bleiben Sie so stehen, mit dem Gesicht zum Meer, und fixieren Sie den Ballon!«

Solveig fühlt, wie der Killer seine beiden Arme rechts und links an ihr vorbeiführt und mit seinen Händen ihre rechte mit der Waffe faßt und nun, zusammen mit ihr, auf den Ballon zielt. Sie spürt den Oberkörper des Killers dicht an sich und bemerkt auch sofort, daß der Revolver in ihrer Hand diesmal eine völlig andere, eine eigene Macht entfaltet, spürt aber auch, wie im Gegensatz zu dieser seltsamen Kraft sich der Killer auf das äußerste bemüht, sie mit seinem Körper so wenig wie möglich zu berühren, obwohl er doch so nah hinter ihr steht und jetzt zweifellos zu etwas wie der Seele ihrer Waffe geworden ist.

Sie versucht, alleine zu zielen.

»Jetzt!« sagt er da, und Solveig drückt ab, sieht aber gleich, daß ihre Kugel nicht getroffen hat, der Ballon sich sacht dreht, wie träger Tod, mehrere Meter weiterweht.

»Warten Sie.«

Der Killer löst sich von ihr.

In den verschiedensten Entfernungen treiben auf dem Meer viele bunte Luftballons. Ein leichter, beinahe steter Wind hat eingesetzt.

Der Killer steht wieder hinter Solveig und bemüht sich immer noch, ihr dabei zu helfen, einen der Ballons abzuschießen. Als Solveig endlich einen trifft, lacht sie ausgelassen und schießt darauf ihr gesamtes Magazin leer Der Killer hat sie losgelassen und ist einige Schritte von ihr zurückgetreten.

»Schade«, Solveig sieht dem Mann in sein Vogelgesicht.

»Moment, warten Sie.«

Und schon verschwindet der Killer im Inneren der Jacht und trägt, als er wieder erscheint, ein Gewehr mit einem Zielfernrohr in den Händen, stürzt zum Bug und legt sich dort hin, die Beine weit gespreizt.

»Gehen Sie hinter mich, ja?«

Als Solveig zwei Schritte zur Seite getreten ist und nun im Rücken des Killers steht, dreht der sich einmal kurz nach ihr um, blickt dann wieder nach vorne, auf das Meer, und zieht sich dabei seine Amselmaske vom Gesicht. Solveig sieht, wie er sie sich vorsichtig unter die Brust schiebt und darauf seinen Kopf hinter das Zielfernrohr zwängt und ruhig einen Ballon nach dem anderen abschießt. Wie kleines, fiebriges Wild, das getroffen stürzt, fallen die Ballons diesmal in sich zusammen, liegen danach tot auf dem glatten Wasser, bevor sie früher oder später versinken und in der Tiefe des Meeres für immer verlorengehen.

Bis in sich hinein spürt sie die Erfüllung, die in dem Mann lebt, der vor ihr auf dem Deck liegt. Und wie sich dann diese Art Trance verwandelt, als sein Körper sich bald erneut bewegt, erst nur ein Arm, mit dem er unter sich behutsam die Amselmaske hervorzieht, er dann aber auch den zweiten dazunimmt, um sich die Maske wieder aufzusetzen und zu befestigen, und darauf die Bewegungen, wie in einer Kettenreaktion, auch den weiteren, schlanken Körper erfassen, wie er ein Bein anwinkelt und fast gleichzeitig den Kopf wendet und Solveig anschaut. Sie spürt seinen Triumph, der ihr direkt entgegenströmt. Sie spürt ihn so klar, wie noch wenig vorher die peinigende Stille auf dem Meer, die nun, da der geringe Wind aufkam, nicht mehr so grausam ist und sich dem Triumph des neben ihr weit und breit einzigen Menschen anscheinend sogar wie ehrfurchtsvoll unterordnete.

Sie glaubt, daß er hinter der Maske wie ein Kind lebt, in einem aber unbeschreiblichen Stolz. Sie spürt, daß er sie so beobachtet, fühlt es haargenau.

Der Killer steht am Ruder und blickt zu ihr hinunter. Sie sieht zur Jacht. Er zeigt in eine Richtung hinter ihr. »Da geht's zurück. Ich melde mich wieder.«

Und schon hat er den Motor gestartet, und die Jacht rast davon, wird kleiner und kleiner, und die Geräusche des Motors gehen verloren, gehen wie Leben verloren.

Solveig dreht sich in die andere Richtung und startet ihren Außenbordmotor, hofft, daß dort, in der Weite, wie er ihr beteuerte, auch tatsächlich eine Küste ist.

Vor ihr, auf der Bank im Bug, liegt ihr Trenchcoat, darauf das Handy und der kleine Revolver. Ihr ist, als würden die drei sich gerade alle kennenlernen und gleich schon auch befreunden.

Sie setzt sich ihre Sonnenbrille auf und blickt über das endlose Wasser, hört immer mehr das Brummen des kleinen Motors, das sie an Wespen erinnert. Sie klammert sich daran. Was gäbe sie jetzt dafür, auf dem Land, vor einem Loch von Erdwespen zu stehen. Sie spürt Boden unter den Füßen, sieht über das Wasser. Vielleicht kommt die Küste nie.

Der Kahn zieht in die Stille.

Sie spürt, wie ihr Hals um den Kehlkopf taub wird, anschwillt, und denkt, daß sie allmählich ersticken wird, im Sonnenlicht, und ohne alle Weltteile.

JUST in dem Moment, als plötzlich das Treppenlicht ausgeht und sich eine der vielen Wohnungstüren einsam und wie von selbst in die Dunkelheit hinein öffnet, verläßt sie den Fahrstuhl. Sie bleibt stehen und beobachtet, wie Laura aus ihrer Wohnung tritt, wieder das Licht im Treppenaufgang anmacht, ihre Tür abschließt und dann genau auf sie zukommt. »Mein Gott ...! Du? Beinahe hätte ich laut geschrieen.«

»Na, ich habe auch einen ganz schönen Schreck bekommen.«

Sie geht näher auf Laura zu, bleibt vor ihr stehen. »Und, du willst jetzt noch weg?«

»Ja, ich muß einfach noch mal raus.«

»Ohne Susanna?«

»Ich hab' sie schon länger nicht mehr gesehen.«

»Wohnt sie denn nicht hier?«

Solveig ist müde, sie geht auf ihre Wohnungstür zu, sucht nach den Schlüsseln. Laura blickt ihr nach. »Nein, sie hat hier noch nie gewohnt.«

Solveig hat ihre Tür geöffnet und wendet sich um.

»Kommst du mal bitte ganz kurz näher?«

Verwundert tritt Laura auf Solveig zu und wird von ihr umarmt. »Es tut mir leid, wie das neulich geendet hat.«

Solveig läßt Laura wieder los und tritt etwas zurück, sieht, wie ihre Nachbarin sie schüchtern anschaut, rot geworden ist und leise sagt: »Mir tat es auch leid ...«

Jean kommt aus der Wohnungstür und freut sich, springt, nachdem er Solveig begrüßte, auch zu Laura, die schon vor dem Fahrstuhl steht. Er wird von ihr am Kopf gestreichelt.

»Und viel Spaß heute nacht noch. Wer ist es denn?«

Die Tür des Fahrstuhls öffnet sich. Laura dreht sich zu Solveig um und zuckt mit den Schulter, lächelt und steigt ein, drückt Jean sanft von der Tür zurück, obwohl Solveig ihn schon lange gerufen hat.

SIE greift das Glas auf dem Fernseher und führt es sich an den Mund. Sie nippt von dem Champagner und läßt das Glas an ihren Lippen, schlürft.

Ihr ist, als würde sie lächeln.

Sie schaut auf den Bildschirm und läßt die Bilder vor- und zurücklaufen, stoppt sie dort, wo Bruno am Meer vor der Kuhle steht und in sie hinabzeigt, und zitternd in die Kamera blickt.

»Jean«, ruft sie und trinkt einen großen Schluck Champagner, stellt das Glas auf den Fernseher.

Sie läßt sich in einen der Sessel fallen und streichelt den Hund, bewegt ihren Kopf aus dem Schein der Stehlampe, bis sie auf die nächtliche Stadt sehen kann.

Sie löscht das Licht der Lampe.

Sie steht auf und zieht sich die Jeans aus, läßt sie an sich herunterfallen, geht auf das Fenster zu und öffnet es. Sie blickt auf die verlassenen Straßen tief unter sich und spuckt im weiten Bogen hinaus.

Weit gegenüber, im Dunkel irgendeiner Wohnung, schreit eine Frau in den Händen ihres Mannes; wie eine Erinnerung.

9
Fern lächeln einsame Segler

Der Killer sieht durch eine Videokamera und läuft über eine große, freie Betonfläche auf einen flachen und langen, baufälligen Werkstattbau zu. Einige Meter weiter, genau vor einem der vielen Räume, aus dem beide Torhälften herausgebrochen wurden und die nun morsch und zerschlagen davorliegen, bleibt er stehen. Die Dämmerung hinter dem Gebäude läßt ihn im Inneren kaum etwas erkennen. Er fühlt sich wohl. Ein wenig Licht liegt matt auf der verstaubten Motorhaube eines uralten Autowracks, das im vorderen Teil des Raumes steht.

Der Killer trägt wieder seine Amselmaske. Er spürt den Mann, den er verfolgte, ganz genau. Er wittert ihn, glaubt, daß er sich hinter dem Autowrack, in der Finsternis, auf den Boden gelegt hat, unter seinem Polohemd schwitzt.

»Mach es uns nicht so schwer, komm raus da.«

Lange schon umfaßte er mit der rechten Hand seine Pistole und zieht sie nun langsam aus dem Halfter, richtet sie in die Werkstatt, schießt zweimal in die Dunkelheit hinein und ruft: »Das war das letzte Mal daneben.«

Er läßt die Kamera laufen und hält die Waffe weiter im Anschlag. Er weiß genau, daß der Mann, der dort drinnen im Dunklen liegt, bald aufstehen und links aus der leeren Werkstatt treten wird, daß er es gar nicht anders kann und deshalb auch bald tun wird.

Er hört erstes kleines Geknister. Dann wieder Stille.

Ein wenig später tritt Sören aus der Dunkelheit ins Freie. Er läuft unsicher und streckt seine Hände, über dem Kopf, weit in die Höhe. Über ihnen rasen lautlos gewaltige Wolken dahin, obwohl am Boden kaum Wind zu spüren ist. Sören sieht dem Killer in die Kamera, in sein Amselgesicht, und schweigt erschrocken.

»Die Hände können runter. Aber bleib da stehen!«

»Ich versteh' das alles nicht. Warum sollte ich überhaupt hierherkommen? – Und ich komm' auch noch, ich Idiot!« Sören bleibt stehen, aber die Worte sprudeln so flehentlich aus ihm heraus, als würde er Schritte tun, vorsichtige, ängstliche Schritte tun, nur fort von der Kamera. »Das muß eine Verwechslung sein. Sie können mich nicht meinen ...! Sagen Sie doch etwas? Wer sind Sie, und was wollen Sie von mir? Ich kenne Sie nicht. Da bin ich mir sicher!«

Der Killer senkt den Arm mit der Waffe und schießt zweimal. Neben Sörens Füßen spritzen kleine Brocken von Beton herum, Projektile pfeifen. Angst steht in Sörens Augen, die Arme hat er wieder in die Höhe gerissen und sagt kein Wort mehr, eine Hand führt er an die Stirn, wo er sich Schweiß wegwischt.

Der Killer steckt seine Pistole in das Schulterhalfter und legt die Kamera auf den Beton. Sören spürt, daß er ihn, bei allem was er tut, immer genau im Auge hat.

»Und glaube nicht, daß das jetzt etwas für dich zu bedeuten hat. Du bleibst da stehen. Ich weiß genau, was ich tue.«

Sören sieht nur auf den Killer, verfolgt reglos, wie er sich aufrichtet und auf einmal blitzschnell seine Waffe in der Hand hat, sie vorher wieder aus dem Halfter gezogen haben muß und jetzt gelassen noch näher auf ihn zugeht, mit der Pistole am ausgestreckten Arm, auf seinen Kopf gerichtet, und ihm den Lauf dann letztlich zwischen den Augen fest gegen seine Stirn drückt. Sören muß die Augen schließen. Er fühlt den kalten Druck des Metalls, spürt, wie sein Kopf in den Nacken flieht, ihm der Lauf folgt, der Druck stärker wird, und er plötzlich wieder frei ist. Zweifelnd öffnet er die Augen, den Kopf noch weit und schwer im Nacken, über ihm fliegen die Wolken dahin, dunkle, fleischige Ungetüme, als wären sie voll von Wasser und es gäbe irgendein von irgendwem ausgewähltes, besonderes Ziel für sie. Vielleicht träumt er, denkt Sören.

»Ja?!«

»Ich melde mich wieder.«

»Mein Gott, ich dachte, Sie melden sich nie wieder.«

»Ich?«

»Es sind fünf Tage vergangen!«

»Ja.«

»Und was ist?«

»Es ist jetzt soweit.«

»Und?«

»Sehen Sie sich ihn an!« Sören neigt seinen Kopf nach vorne und blickt auf den Killer, sieht, wie der ihn filmt und dabei in ein Handy spricht, näher auf ihn zukommt. »Weißt du, wie es ist, wenn man der Schwächere ist? Wenn man Angst hat?«

»Wieso fragen Sie mich das?« Sören will aufwachen.

Der Killer senkt die Kamera und hat auch das Handy vom Mund genommen, läßt sein linkes Knie hochschnellen und trifft Sören damit in voller Wucht zwischen den Beinen, so daß der sofort zusammenfällt und sich am Boden wälzt.

»Wie sieht er aus ...? Was macht er ...? – Hallo! Sind Sie noch da? Hallo! – – Hallo?!«

Der Killer hört Jean zweimal bellen, steht über Sören und filmt ihn, das Handy wieder vor seinem Mund und sagt: »Ich bin noch da. Sie können die Aufnahmen bald sehen«, beendet danach das Gespräch und steckt das winzige Telefon in eine seiner Jackentaschen. Aber plötzlich springt Sören auf und so an dem Killer empor, daß der seine Maske verliert.

Einige Sekunden schauen sich die Männer reglos an, dann lacht Sören grausig auf, stürzt fort. Er hatte in ein Gesicht ohne eine jede Regung gesehen. Er rennt wild auf die Mauer zu, lacht, kreischt.

Der Killer legt die Videokamera auf den Beton, richtet sich wieder auf und wartet noch einige Sekunden, wartet, wartet. Und zieht dann seine Pistole.

Er zielt und schießt zweimal.

Sören war, in diesem Moment, und genau auf ihn hatte der Killer gewartet, an der Mauer angekommen und hatte sich schon an ihr hochgezogen, fällt sofort von ihr herunter und bricht zusammen.

»Und jetzt?« flüstert der Killer, obwohl Sören doch weit von ihm entfernt liegt, läßt die große Pistole wieder unter seinem Sakko verschwinden, greift nach der Kamera und seiner Amselmaske und geht, und so, als genieße er jeden seiner ruhigen Schritte wie eine winzige Feier, akkurat den Weg, den Sören vorher flüchtete.

Er stellt die Kamera auf die Mauer und sieht zu seinem Opfer hinunter, hört zu, wie Sören stöhnt, blickt in den Himmel. Erste, große Sterne leuchten in das letzte, schon zerrissene Tageslicht hinein. Keine Wolke ist mehr zu sehen. Hinter der verfallenen Werkstatt singt eine Nachtigall.

»Und jetzt«, fragt der Killer noch einmal, löst seine Hände vom Gelb der alten Klinkersteine der Mauer und schüttelt sich einige winzige Mörtelkrümel von den Fingern. Leichte Schwaden von Lavendelduft ziehen an ihm vorbei.

Mit der rechten Hand greift er nach seiner Pistole und zieht sie unendlich langsam aus dem Halfter, zielt einige Sekunden lang und schießt Sören in die Schläfe.

Dann steckt er die Waffe wieder weg und zerrt sich auf die Mauer hinauf, blickt noch einmal zu Sören zurück und denkt: »Siehst du, und hier wolltest du entlang ... gerade du ...«

UNMITTELBAR nachdem der Killer von der Mauer gesprungen war und mit den Füßen den Boden berührte, läßt er sich und mit gerade nur so viel innerem Widerstand derart geschmeidig in sich zusammenfallen, daß er sofort mehrere Male über den Kopf hinweg abrollen kann, den Arm mit der Videokamera dabei immer weit von sich gestreckt, und so zu guter Letzt erst in einem kniehohen Lavendelgestrüpp zum Stillstand kommt. Als er sich aufsetzt, erkennt er endlos ausgedehnte Hänge, die da und dort, von Ginstergruppen und hochaufgeschossenen, düsteren Wacholdersträuchern durchsetzt sind. Panisch flüchtet ein Hase, kurz darauf noch ein zweiter; blitzartig.

Der Killer kriecht aus den starren Lavendelzweigen bis zum Gras. Erst jetzt sieht er vollends, wie sich die Landschaft vor ihm schier endlos lang und sanft in ein Tal hinunterneigt. Das Ende des gewaltigen Abhanges ist eine tiefe Schlucht, in der sich, weit in der Ferne, vielleicht sind es Kilometer, wie ein lang dahingezogenes S eine Autobahn durch die Landschaft windet. Der Killer beobachtet, wie in beide Richtungen viele Fahrzeuge rollen. Einige von ihnen haben bereits Licht an. Kein Mensch ist irgendwo zu sehen. Der Lavendelduft ist stark.

Der Killer zieht sich die Schuhe aus, haucht über das schwarze Leder, und reibt mehrmals mit einem Taschentuch darüber, steckt das Tuch wieder ein und stellt die Schuhe nebeneinander vor sich auf.

Er sitzt im Gras und blickt in das Tal hinab. Er atmet kaum.

Er faßt nach seiner Pistole; sie ist im Halfter.

Er ist frei. Er ahnt das Leben durch und durch.

DIE Nacht erreicht ihn nicht.

Ohne mit jemandem ein Gespräch führen zu müssen, könnte er Monate, ja Jahre leben.

Er hat sich neben eine Gruppe Lavendelbüsche gesetzt, zu diesem Haufen Finsternis, wo er sich gar nicht empfindet. Vor ihm die schwarzen Abhänge.

Grillen rufen bis ins All.

Er verfolgt die vielen Fahrzeuge, die im Tal in einer endlosen Kette von Licht an Licht, dichter als die Sterne am Himmel, sich wie ein zäher, lautloser Lavastrom dahinbewegen, der Linie der Autobahn nach: sanft bergauf, aber die meisten hinab.

Einige Grillen verstummen.

Gleich darauf noch viel mehr, als würden sie alle voller Furcht vor ihm, mit ihren Seelen, jetzt auf den Sternen weiterkämpfen.

Er wartet. Den Kopf im Nacken.

KINDERJAUCHZEN, Musik, Geschrei von Losverkäufern kommen aus einer Senke. Er läuft ihnen entgegen. Manchmal stolpert er durch die Dunkelheit; Tausende Grillen zirpen in die Nacht.

Er sieht ein Riesenrad. Wie es nur einige Meter aus der Talsenke herausragt und sich wie ein kleiner, glühender Fingerring aus dem Boden in den Nachthimmel hineindrehen will, immer wieder stoppt, sich aber doch stets wieder weiterbewegt, oft lange bewegt, und manchmal eine Ewigkeit gar nicht.

AN einer Schießbude bleibt er stehen. Er beobachtet einen dicken, untersetzten Mann, der seinen kleinen Sohn auf dem linken Arm trägt. Und mit dem rechten, indem er ein Luftdruckgewehr mit der Hand hält, versucht er auf eine der vielen bunten Trophäen zu zielen. Immer, wenn er das Gewehr wieder durchladen muß, weil er nicht getroffen hat, stellt er das Kind zurück auf den Boden, greift es sich danach erneut, hebt es wieder hoch und zielt abermals, und lange.

Als der Vater, nach mehrmaligem Schießen, endlich getroffen hat und einen kleinen gelben Bären bekommt und den seinem Sohn schenkt, ist der sprachlos vor Freude, drückt sich das winzige Tier verschämt an die linke Wange und seinen Kopf fest an den des Vaters, lächelt, sein Mund ist verkrampft, die Lippen zu schmalen Linien gespannt.

»Gut getroffen.« Der Killer ist dicht neben den Vater getreten und wartet, bis der sich zu ihm umdreht. Voller Genugtuung sieht der Vater ihm entgegen, nicht etwa verwundert.

»Könnten Sie mir vielleicht helfen und mich mit der Kamera aufnehmen, wenn ich auch gleich etwas schieße? Das soll für meine Tochter sein.«

Der Mann überlegt. »Ja, warum nicht«, setzt seinen Sohn auf den Boden und greift nach der Videokamera, die ihm der Killer nun hinhält. Das Kind blickt den Killer ernst an.

»Können Sie damit umgehen?«

Der Vater betrachtet die Kamera genau. »Ich hatte mal eine ähnliche«, beugt sich dann zum Sohn hinab und zeigt sie ihm. »Nicht wahr, René?« Der Sohn nickt mit dem Kopf und schaut mißtrauisch zum Killer hinauf, hebt einen Arm hoch und drückt sich wieder fest seinen kleinen gelben Bären ans Gesicht, zermalmt ihn fast, schaut zum Vater.

Der Killer zielt auf die kleinen, bunten Trophäen. Seitlich hinter ihm steht der Vater und filmt. Der Sohn hält sich an einem Hosenbein fest. Zwei Männer und eine Frau verfolgen, wie der Vater den Killer aufnimmt, sehen interessiert zu, sagen nicht ein Wort.

Der Killer trifft mit dem ersten Schuß und bekommt eine besonders große, kitschige Blüte. Der Vater hat da schon mit dem Filmen aufgehört.

Als der Killer sich umgedreht hat, tritt er direkt vor den Vater und sagt: »Bitte die Blüte noch, aber von ganz nah«, hält dem fremden Mann die rosafarbene Blume eilig vor das Objektiv und sagt, als die Kamera läuft, und er spricht zögernd und so, als hätte er, tief in sich verborgen, schon mehrere für ihn außergewöhnlich kraftraubende Anläufe durchgemacht, spricht leise, zögernd: »Das ist ein Geschenk für Sie«, greift gleich anschließend nach der Kamera und geht sofort: mischt sich unter die vielen bummelnden Menschen.

Der Vater nimmt seinen Sohn an die Hand und läuft mit ihm auf ein winziges Karussell zu. Das Kind dreht sich um und versucht vergeblich noch einmal den Killer zu entdecken.

ZWISCHEN dem achtunddreißigsten und dem neununddreißigsten Stockwerk hebt sie das Päckchen hoch und richtet erst etwas später ihre Augen darauf; endlich kann sie es. Wieder hat er einen kleinen Karton, sie fühlt ihn genau, so wie das letzte Mal mit braunem Packpapier glatt eingewikkelt und nichts darauf geschrieben. Mit beiden Händen preßt sie sich das Päckchen gegen die Brust und senkt ihren Kopf darüber, drückt das Kinn darauf, atmet.

Sie läßt sich rückwärts gegen die nahe Wand fallen und rutscht mit ihrem Körper, indem sie ganz winzige, seitliche Trippelschrittchen macht, das heißt, ihre Schuhe eigentlich nur in kleinen, schnell aufeinanderfolgenden ruckartigen Bewegungen seitlich über den Boden schiebt, an der Fahrstuhlwand entlang, bis sie zuletzt in einer der Ecken zum Halt kommt. Sie spürt, wie ihr Körper endlich entkrampft, und drückt sich von der Wand ab. Sie steht wieder frei. Sie hebt den Kopf an und tritt vor die geschlossene Tür, wartet; das Päckchen immer noch an der Brust.

JEAN liegt neben Solveigs Sessel auf dem Teppich. Beide schauen auf dem Bildschirm in die dunkle Werkstatt. »Mach es uns nicht so schwer, komm raus da.«

Sie blickt zu Jean hinunter, der hebt seinen Kopf und sieht sie an, kennt er sie nicht? Legt den Kopf darauf wieder auf den Boden, blickt von ihr weg. Sie nippt am Champagner, sieht auf einen großen Arm, der nun im Bild erscheint, erkennt eine Pistole in der Hand, wie sie in die Tiefe ragt, kaut auf der Unterlippe und verfolgt, wie die Waffe zweimal kurz zuckt, und hört, wie die zwei schallgedämpften Schüsse in der Werkstatt einschlagen und der Killer wieder spricht und sagt: »Das war das letzte Mal daneben.«

Sie sieht in die Dunkelheit, erkennt das Autowrack, denkt, was wird jetzt geschehen, was wird jetzt nur geschehen, trinkt noch einen Schluck Champagner, fühlt sich, als wäre sie selbst in der Dunkelheit alleine dort draußen, schaut wieder zu Jean hinunter: sie ist zu Hause.

Als Sören aus der Werkstatt tritt und seine Arme in die Höhe reckt, sie voller Angst und Zweifel anschaut, da springt sie auf und stürzt zum Videogerät, und stoppt die Bilder.

Sie erinnert sich sofort, wie er sie einholte, in der Nacht, als sie seine Wohnung schon verlassen hatte, draußen vor der Wohnungstür, und auf der ersten Stufe, im Treppenhaus, Steffen dort saß und wartete und sie anlächelte, und Sören sie von ihm wegzog und leise zu ihr sagte: »Es ist nicht wegen dir«, sie an die Hand genommen hatte und mit ihr die Stufen hinunterging, und sie ihm folgte, wie eine Hündin.

Sie fühlt, daß sie es nie vergessen wird, wie sie nebeneinander herliefen, sie seine Hand dabei eng um die ihre spürte und empfand, ja es sich wünschte, daß sie mit ihm so ewig gehen könnte, bis es Tag würde und wieder Nacht und wieder ein neuer Tag und immer so fort, bis an die Küste mit den großen Steinen, mit dem winzigen Muschelstrandflecken, obwohl sie so tat, daß er denken müßte, er solle sie ziehen. Und dann folgte der unendliche Schmerz, als er den anderen Arm hob, beinahe so, wie er nun vor ihr steht und beide in die Höhe reckt, aber es in dieser Nacht tat, weil er doch plötzlich ein Taxi entdeckt hatte, das sie damals, auf der anderen Straßenseite, überholte, ohne daß sie es überhaupt irgendwie wahrgenommen hatte, vielleicht auch nur nicht wollte.

Sie blickt wieder zu Jean hinunter und flüstert: »Und dann, dann, als ich mich in das Taxi setzte, da fragte er mich, ob ich auch genügend Geld hätte, und sagte darauf als letztes: ›Und denk daran, was ich dir vorhin sagte‹, machte sacht die Tür zu und winkte kurz danach dem Fahrer, als würde der ihn schon ewig kennen oder beide hätten eine uralte Übereinkunft, und der Fahrer hatte davon gewußt, daß er mit mir, zu dieser Stunde, dort entlanglaufen würde, und er war nur zu spät gekommen, weil sie beide zu früh da waren. Es war schauderlich, Jean, wie er mich zum Schluß nicht einmal ansah, sondern den Chauffeur, der seltsam grinste. Und wie er dann ging, noch bevor mich der Taxifahrer fragte, wo ich hinwolle, aber eigentlich auch so fragte, als hätte er es schon genau gewußt.«

Sie beugt sich tiefer zu Jean, der sie, während sie erzählte, gar nicht beachtet hatte, streichelt ihn mit den Fingerspitzen.

Sie schaltet den Videorecorder an.

Sie sieht jetzt die tiefen, dunklen Wolken über Sören, wie sie ihr entgegenrasen, als würden sie aus dem Apparat herausdringen können, in ihrem Zimmer weiterfliegen, durch die Mauern hindurch, in die Stadt hinaus, zwischen die Hochhäuser. Sie hört die ruhige Stimme des Killers, wie er sagt: »Die Hände können runter. Aber bleib da stehen.«

Die Gelassenheit in den Worten des Killers, warum beunruhigt die sie.

Sie hört, wie Sören mit dem Killer spricht, stammelt wie ein Junge, ein kleiner Junge, der für die Untaten eines anderen büßen soll, der Erwachsene von dem anderen aber gar nichts weiß, ja nicht einmal davon ahnt. Sie hört, wie Sören fleht: »Das muß eine Verwechslung sein. Sie können mich nicht meinen ...! Sagen Sie doch etwas! Wer sind Sie, und was wollen Sie von mir? Ich kenne Sie nicht. Da bin ich mir sicher!«

Sie fühlt, wie der Killer die Zeit auskostet, wie gespenstisch er wartet, wie er die Kamera dabei regungslos auf Sörens Gesicht hält und kein Wort sagt, ihm nicht antwortet, wie Sörens Gesicht, als würde es aus dem Inneren, wie aus seiner eigenen Seele heraus, von Angst zerfressen, nach und nach sein Wesen verliert, es zur steifen Maske wird wie die des Killers, nur nicht zur Amsel. Dann brechen die Bilder ab, setzen aber kurz darauf schon wieder ein.

Sie tritt einen Schritt zurück und lehnt sich an ihren Ledersessel. Sie sieht auf einen nach rückwärts gestreckten Hals, aus dem der Kehlkopf heraustritt, sieht auf ein Kinn, das ihr förmlich entgegenragt, von einem Kopf, der weit in den Nacken zurückhängt, vielleicht an den Haaren gerissen wird, fast den gesamten Bildschirm ausfüllt, hört plötzlich schwach, wie sie auf dem Band selbst »Ja« sagt, wie der Killer sagt: »Ich melde mich wieder«, sie abermals, und fast schwächer noch als vorher antwortet: »Mein Gott, ich dachte, Sie melden sich nie wieder.«

»Ich?«

»Es sind fünf Tage vergangen!«

»Ja.«

Sie hört, wie sie lauter geworden fragt: »Und was ist?«, verfolgt, wie der seltsam zurückgeneigte Kopf ihr näher und näher kommt, sich dabei langsam nach vorne stellt, und erkennt schließlich wieder Sören, hört, wie der Killer spricht: »Es ist jetzt soweit.«

»Und?« Sie kann sich erinnern, so gefragt zu haben, voller Erwartung, in das Telefon.

»Sehen Sie sich ihn an!«

Sie sieht, daß Sören geweint hat, ganz wenig nur, aber sie sieht es, fühlt es, hört, wie der Killer weiterspricht und eisig sagt: »Weißt du, wie es ist, wenn man der Schwächere ist? Wenn man Angst hat?«

Sie hat sich vom Sessel gelöst und sich vor den großen Bildschirm gekniet, faßt mit der rechten Hand auf die gläserne Scheibe, drückt sie auf Sörens Augen, hört, wie Sören stammelt: »Wieso fragen Sie mich das?«, sieht, daß sein Kopf dann aus dem Bild gerät, sieht auf den Betonboden, sieht, daß die Kamera nun stark wackeln muß, bis die Bilder darauf völlig abbrechen.

Sie kniet vor dem leeren Bildschirm. Sie läßt ihren Kopf auch in den Nacken fallen und denkt an das Bild von Sören, und spürt, wie auch ihr Kehlkopf gegen die gespannte Haut drückt, als wolle er sie durchbohren, betrachtet das grelle Weiß ihrer Zimmerdecke, spürt bald Schmerzen in beiden Oberschenkeln, und wie die stärker werden, spürt, wie das Weiß ihr aus der Höhe durchsichtig entgegenströmt, oder steigt sie gar auf? Sie spürt, wie ihr das Weiß immer näher kommt und es still und immer stiller um sie wird, hört, Sekunden später, plötzlich Stimmengewirr und Musik, glaubt, daß die im Weiß entstehen, das sie in diesen Augenblicken unmittelbar erreicht hat. Sie spürt, wie das Weiß auf ihrem Gesicht liegt, sich drückend anschmiegt, es überzieht, wie es kühlt, und die vielen Geräusche aber bleiben.

Sie richtet den Kopf wieder auf und sieht in der Mitte des Bildschirmes einen Mann. Er steht mit dem Rücken zu ihr. Sie bemerkt nun erst, daß die Geräusche um den Mann herum entstehen, aber auch, daß die vielen verschiedenen Laute sie an diesem Ort befremden, ihr im Weiß tatsächlich vertrauter waren, erkennt neben dem Mann auch andere Menschen, von denen keiner, außer einer einzelnen Frau, auf ihn achtet, auf ihn, der lediglich reglos dasteht, sich dann aber doch bewegt, nach vorne beugt und etwas ablegt, und kurz danach, von einem weiteren Mann, der jetzt im Hintergrund, von der Seite, zielstrebig auf ihn zutritt, etwas überreicht bekommt. Dann brechen die Bilder schon wieder ab, und sie steht auf und sieht auf den leeren Bildschirm, als dort auf einmal, Sekunden später, sie blieb stehen, als hätte sie geahnt, daß noch irgend etwas folgen muß, eine riesige, violette Blüte zu sehen ist, und der Killer, es ist seine Stimme, sie erkennt ihren Tonfall genau, nur leiser als sonst ist er, irgendwie gläsern sagt: »Das ist ein Geschenk für Sie.« Jäh sieht sie dann auf viele Beine, über das Gesicht eines kleinen Jungen, der sich, und wie abgrundtief ernst, fast erwachsen dabei seine Augen sind, etwas Gelbes stark gegen eine Wange drückt und die Kamera wohl gar nicht bemerkt.

Aufgestanden ist sie, steht direkt vor dem Fernseher und schaut auf den dunklen Bildschirm hinab. Sie spürt Schmerzen im Oberschenkel. Sie greift nach der Champagnerflasche und gießt sich ihr Glas voll und geht zu einem der Fenster und zieht die Vorhänge zurück. Üppiges Sonnenlicht. Sie schließt die Augen und trinkt einen großen Schluck und tastet nach dem metallenen Griff am Fenster und öffnet es, und hört den Straßenverkehr, hört das Autogewimmel, als würde sie viel, viel tiefer wohnen, hört klares Autorufen, Motoren sprechen, schreien, deutlich wie nie vorher.

AN Bruno entsinnt sie sich erst, als sie dort angekommen ist, wo einmal ihre Kuhle gewesen war und wo sie, und fast, ohne dabei überhaupt richtig die Düne berührt zu haben, damals das Kreuz in den Sand gezeichnet hatte. Sie bleibt stehen. Es regnet. Sie knotet den Gürtel ihres Trenchcoats auf, öffnet ihn weit und schlingt sich den Mantel dann ganz nah um den Körper, als würde sie sich darin völlig einwickeln wollen: wie ein Insekt, das sich verpuppt, eine bestimmte Zeit zu überstehen, verschließt den Gürtel wieder. Jean läuft ihr weg, zum Meer. Sie wischt mit einem Fuß leicht über den Sand, sieht dann Jean nach und folgt ihm. Erste weiche Wassertropfen laufen ihr an der Stirn herab, über die Nase, den Mund. Es ist eher Nieseln als Regen, aber sie hört ihn doch, sieht überall das zarte Geräusch, wie es den Himmel, das Meer und den Strand, allmächtig scheint es, zu einem einzigen, riesigen Raum werden läßt. Sie läuft in eine zweite Welt. Sie steckt sich einen Joint an, raucht in tiefen Zügen, atmet in das stete Nieselgeräusch hinein.

Sie spürt nicht, daß sie längst im flachen Wasser läuft, Jean herumspringt. Sie fühlt sich wie im Summen des Regens, in den sie hineinblickt, die Hände hinter dem Hals verschränkt, über dem feuchten Haar. Naß und schwer liegt der Trenchcoat ihr auf den Schultern, reicht bis ins Meer. Aus dem Nieseln ist ein richtiger Guß geworden.

Sie stockt, als es läutet, immer wieder schrill läutet. So als würden die grauenhaft einsamen Töne in das Geräusch, das im Regen um sie lebt, auch mit hineindringen wollen.

»Ja«, sie hat ihr Handy vor dem Mund und blickt in den Regen.

»Ich melde mich wieder.«

»Und?« Sie läuft rückwärts dem Strand entgegen.

»Und!? – Was sagen Sie?«

»Wozu?« Sie hat wieder das Ufer erreicht, läuft auf ihm weiter, Seite an Seite zum Meer, sucht den Horizont.

»Na zum Auftrag. Wie habe ich ihn erfüllt?«

Sie bleibt stehen, geht noch drei Schritte vom Wasser weg und setzt sich in den feuchten Sand. Aus der Düne jagt Jean auf sie zu, stellt sich neben sie, reglos, hechelt nach Luft.

»Seit wann interessiert Sie das?« Sie streicht sich lange, nasse Haarsträhnen aus dem Gesicht, blickt in den Himmel hoch, unendlich viele Tropfen stürzen ihr fröhlich entgegen.

»Bei Ihnen schon.«

»Was bei Ihnen schon?« Sie blickt auf das Handy, als sähe sie es das erste Mal, hält es sich direkt vor die Augen, legt eine Hand auf Jeans Rücken, hört, wie der Killer nach einer kleinen Pause sagt: »Bei Ihnen interessiert mich schon, was Sie dazu sagen, wie ich den Auftrag erfüllt habe.«

»Wir werden nie wieder zusammenarbeiten.«

»Wieso?«

»Kein wieso!« Sie erhebt sich und schaut auf das glatte Wasser, in den Regen, das gleichbleibende, summend trommelnde Geräusch. »Ich habe mir vorhin etwas überlegt, und es ist gut, daß Sie jetzt angerufen haben. Ich möchte Ihnen Ihre Arbeit doch lieber bezahlen. – Ich weiß nicht, warum ... Ich kann es Ihnen nicht sagen ... Aber, ich glaube, das wäre für mich so ein besseres Ende.« Sie spürt, wie der Killer überlegt, daß er seltsam, ja sogar scheu zögert.

»Gut ... wenn Sie es so wollen. – Es ist jetzt ... dreizehn Uhr sieben. Treffen wir uns um fünfzehn Uhr mit den Booten, wie immer. – Schaffen Sie das?«

»Ich werd's versuchen.«

Sie steckt das Handy in ihren Trenchcoat, wendet sich zur Düne und läuft auf sie zu.

Der Regen fällt ohne Veränderung.

10
Die Dunkelheit tönt

Der Killer sieht auf die Wanduhr. Auf der Kunstblume in seiner Hand ruht das Neonlicht: wie dünner Schnee. Er legt die Blüte auf die Tischplatte und schaut sie sich an. Er liest ruhig in ihr. Er sieht in ihr etwas wie Tanz.

NACHDEM sie einige Meter vom Steg weggetrieben ist und Jean sich am Boden des kleines Bootes endlich niedergelegt hat, greift sie in ihrem Trenchcoat nach dem Handy. Sie friert. Das Boot dreht sich langsam im Nieseln. Sie treibt an einer Segeljacht vorbei: verlassen ist das gewaltige Schiff, an dem langen Steg vertäut, gleichsam wie verwandt mit den vielen anderen Booten, wie ihrer aller Vater. Die anderen scheinen im Koma.

Sie wählt, ruft bei sich zu Hause an, hört: »Hier meldet sich der Anrufbeantworter von Solveig Anderson. Leider bin ich im Moment nicht zu erreichen. Sprechen Sie mir nach dem Signalton bitte auf das Band. Ich melde mich auf jeden Fall so schnell wie möglich bei Ihnen. Danke!«, hört einen Signalton, ruft den einzigen Anruf, der bei ihr einging, ab, hört Laura und sieht dabei an einem der Masten der Segeljacht hinauf, die sie jetzt streift mit ihrem kleinen Kahn, sieht, wie sich an dem Mast weit in der Höhe im trüben Licht einige kleine Wimpel absonderlich nervös im Nieseln bewegen, hört die fröhliche Stimme Lauras, hört, wie sie fließend sagt: »Hallo Solveig. Ich fand's gut, daß wir uns neulich im Treppenhaus getroffen haben. Wenn's auch komisch war, aber manchmal glaube ich an das Schicksal. Aber das wollte ich dir nur vorher sagen. Angerufen habe ich, und schade, daß du nicht da bist, ob es möglich wäre, daß du in den nächsten drei Wochen aus meinem Briefkasten die Post nehmen könntest. Ich warte auf einen wichtigen Brief von der Uni, du könntest den dann aufmachen und mich in Spanien anrufen. Die Nummer gebe ich dir noch, falls du mir helfen kannst. Es hat sich ganz überraschend ergeben, daß wir, also Susanna und ich, mit Bekannten von Susanna schon morgen, mit ihnen, nach Spanien fahren können, in ein Haus am Meer. Sagst du mir bitte heute noch Bescheid, ob es geht mit der Post. Ich grüße dich lieb. Laura.«

Sie überlegt, richtet ihre Augen nun vom Himmel zu Jean hinab: Mühselig versucht er sich in der Mitte des Kahns, unter der Sitzbank, vor den Nieseltropfen zu schützen.

Sie ruft Laura an, hört, wie sich Laura nach zwei Rufzeichen meldet und wie eine Opernsängerin dahintrillert: »Ja hallo, hier ist Laura. Ihr wißt, ich rufe euch alle gerne zurück. Daaaaaaaaaankeeeeeeeeeeeeeeeeeeeeeeeeeee . . .«

Ihr Boot ist weitergetrieben. Sie blickt sich um, drückt sich den hochgeschlagenen Mantelkragen enger an den Hals, blickt wieder in den Himmel, spürt, wie sich ihr Boot langsam dreht, will sprechen, kann aber nicht, beugt den Kopf wieder und blickt ins Wasser, sieht, wie die vielen Nieseltropfen dann, wenn sie das Meer erreichen, winzige Krater und darum kleine kreisrunde Wellen entstehen lassen, die sofort wieder abflauen, von immer neuen leise abgelöst werden, und dann redet sie aber doch: »Hier ist Solveig. Das geht, ich meine . . . Ich kann auf diese Anrufbeantworter nicht sprechen! – Das mit dem Briefkasten kann ich machen. Wirf deinen Schlüssel in meinen Kasten, falls wir uns heute nicht mehr sehen können. Und die Telefonnummer von Spanien – du bist zu beneiden . . . Schönen Urlaub.«

Sie verstaut das Handy im Trenchcoat und startet den Motor. Wie Sünde drängt sein Lärm in den feinen Niesel, zwischen die Boote, die Stege, die Masten, auf das Wasser hinaus.

Scheu steuert sie auf das offene Meer.

SIE lächelt Jean an.

Sie zieht sich den Trenchcoat aus, legt ihn neben sich. Vom Himmel fällt kein Nieseln mehr. In der Ferne ist die Wolkendecke einen Hauch aufgerissen. Wie aus vielen dünnsten Nadeln, die sich eng aneinanderdrängeln, treffen zwei Sonnenstrahlbündel auf das verhüllte Meer, lassen es glitzern, als würde es dort draußen, vor dem Horizont, entsetzlich brennen.

Fernab vom Sonnenschein rast vom Horizont ein Boot auf sie zu. Wieder er, so früh diesmal schon? Sie stellt sich vor, wie er kerzengerade auf der Brücke steht und ihr reglos entgegensieht, sie kennt. Sie fühlt, daß sie nicht weiß, wie lange es her ist, daß sie ihn das letzte Mal sah. Als würde die Zeit stehen, als wäre sie nicht zu bemessen, als existierte auch im Raum um sie nichts, außer den engen, spärlichen Sonnenstrahlen und einer großen, sprechenden Amsel, als würde nichts älter, samt ihr.

Er ruft diesmal nicht an.

Sonnenschein überall. Der Himmel tönt uferlos blau.

Sie verfolgt, wie der riesige Körper der Jacht sich, kaum daß der Lärm der Motoren schwächer wurde und nun aus ist, tief in das Meer herabdrückt.

»Kommen Sie näher«, ruft ihr der Killer zu.

Er trägt wieder die Amselmaske. Jean bellt ängstlich, als der Mann ihnen ein Seil zuwirft, tippelt rückwärts, seinen Schwanz unter den Bauch gepreßt.

DAS dröhnende Boot rast über das Wasser.

Ihr kleiner Kahn schlittert hinterher, springt häufig, schlägt hart auf das Meer zurück, streckt sich vom langen straffen Seil weg, als hätte er Angst. Ihr ist, als würde das Schifflein immer wieder einmal rufen.

Keine Küste ist mehr zu sehen. Sie hat seitlich hinter dem Killer Platz genommen, wendet sich vom brodelnden Kielwasser wieder zum Bug zurück: Jean schnüffelt an den Beinen des Killers, wedelt mit dem Schwanz.

Der Killer blickt stumm nach vorne auf das Meer.

Weit am Horizont, ganz niedrig, wie an das Wasser festgeheftet, nur ein schmaler Streifen: eine schwarze Wolkenwand.

Sie steigt die Treppe zum Killer hinauf.

»Wie weit fahren wir denn noch?«

»Nicht mehr weit.«

Und schon stoppt der Mann jäh die Motoren und die Jacht verliert wieder schnell an Fahrt; steht.

Er kehrt ihr den Rücken zu. Er wirkt, als wäre er ganz allein. Der Schatten seines großen Körpers liegt über ihren Schuhen, streift ihre ausgewaschene Jeanshose.

Der Killer schweigt. Es ist völlig still. Das große Boot steht tot. Ihr kleiner Kahn treibt langsam näher.

»Sie wollen also unsere Zusammenarbeit beenden?« Der Killer läßt das Ruder los und dreht sich zu ihr herum, lehnt sich nach hinten gegen das Steuerrad, steckt beide Hände tief in die Hosentaschen, sieht sie an.

»Ja«, sie greift nach einem kleinen Päckchen in ihren Jeans und reicht es ihm. »Ich habe hier das Geld für Sie mit ... vom letzten Auftrag.«

Der Killer zieht eine Hand aus der Tasche, beugt sich vor und faßt das Päckchen, zieht langsam seine zweite Hand aus der anderen Hosentasche, öffnet das Päckchen und blickt flüchtig über die Scheine, wie sie in seiner Hand liegen, fächert die Banknoten auf und wirft sie darauf im hohen Bogen ins Meer hinunter. Und wie sie dabei, als wären es große Schmetterlinge, weit umherflattern, sich nach und nach auf das ebene Meer legen, sich matt anschmiegen. »Sie haben mir das Geld gegeben. Nun war es meins!«

Ihr ist, als würde er hinter seiner Maske lächeln.

»Sie haben mich bezahlt, und ich habe für Sie umsonst gearbeitet ... Beide haben wir nun, was wir wollten.« Er faßt sich an seine Maske und richtet sie, als hätte der Schnabel sich nicht genügend exakt in der Mitte seines Gesichts befunden, schweigt und blickt sie nun wieder an, als hätte er es vorher tatsächlich nicht mehr gedurft mit seinem ein wenig schiefen Amselantlitz.

»Ich hab' mich übernommen ... Ich muß es sagen. Ich habe mich wirklich völlig falsch eingeschätzt.«

»Das glaube ich nicht.«

»Auch mit Ihnen«, sie wendet sich von ihm ab und läuft zwei Schritte bis zur Reling, sieht auf die See hinaus. »Das glaube ich nicht, sagen Sie. – Ich habe mich übernommen ...! Was wissen Sie schon von mir?«

Der Killer ist Solveig gefolgt, faßt sie an der Schulter und dreht sie zu sich herum, flüstert: »Darf ich ganz kurz ...?« Und er nähert sich mit der rechten Hand langsam ihrem Kopf. Sie preßt sich an die Reling, obwohl sie keine Angst verspürt. Aber sie wundert sich, daß sie auch sonst nichts empfindet. Sie verfolgt, wie der Killer ihrem Gesicht mit einer Hand immer näher kommt, so stockend, wie sie noch nie etwas erlebte, das zurückhaltend war, und sieht, daß er sich währenddem, mit der anderen Hand, beklommen die Amselhaut vom Gesicht zieht. Sie blickt einem Mann in die Augen, der vielleicht so alt ist wie sie, womöglich sogar jünger: einem männlichen, einem wahrhaftigen Menschen. Wie schweigsam sein Gesicht bleibt. Dieses Gesicht mit den kalten Augen. Und doch, und doch ist ihr auch so, vom ersten Augenblick an, gleich so gewesen, als würde ebenfalls ein, und wenn auch nur belangloser, so doch auch ein Hauch von lange schon besiegter Wärme hinter dieser immensen Kälte der Augen auf irgend etwas Fernes warten, ja sich geradezu hinter ihnen zusammengekauert haben, wie zum Sprung, und würde schon viele, viele Jahre furchtsam nur darauf warten.

Wie er dasteht, vor dem Meer, zu Staffage ist es geworden, einfach auf eine Bühne gezogen. Und sie bemerkt, wie er nun doch mit der anderen Hand vor ihrem Mund angekommen ist. Sie erkennt, wie sein Gesichtsausdruck offenherziger wurde, in Sekundenbruchteilen, seitdem er sie berührte, spürt, wie er behutsam mit zwei Fingern, seinen schmalen schlanken, ihr erst über die Oberlippe und dann über die Unterlippe fährt und ihr dann, nach längerem Warten, einen der beiden Finger in den Mund hineindrücken will. Sie spürt, wie er nach kurzer Zeit, da sie ihren Mund nicht öffnet und ihre Zähne gewaltsam aufeinanderpreßt, seinen Finger wieder zurückzieht und den Arm senkt, schmeckt seinen Finger fahl und säuerlich, sieht, wie er seinen Kopf zur Seite wendet, aber vor ihr stehenbleibt und schließlich seine Maske ins Wasser hinunterwirft. Schutzlos wirkt er.

Sie spürt kein einziges Gefühl in sich, wie kann das sein, daß sie gar nichts fühlt. Sie sieht der Maske nach, wie sie schon bald versinkt, sich unter Wasser dreht, manchmal noch gelb aufleuchtet, bald schon vom Meer verschluckt ist: das Amselhaupt.

»Verzeihen Sie ...« der Killer hat sich an der Reling weiter weg geschoben, »verzeihen Sie ... aber ich liebe Sie, seitdem ich Ihre Stimme das erste Mal hörte«, klettert zum Bug hinunter und blickt vor sich in das Wasser.

»Ich bin erstaunt ... Ich kann es nicht anders sagen.«

»Erstaunt?« wiederholt er dieses eine Wort von ihr ruhig und beginnt sich auszuziehen. Entkleidet sich, bis er nackt ist, und springt mit einem Kopfsprung ins Meer hinein.

Sie sieht ihm nach.

Solange er unter Wasser bleibt, ist sie allein.

Sie bewegt sich nicht, will sich nicht umdrehen, setzt sich nur ihre Sonnenbrille auf, beobachtet dann aber doch, wie er, einige Meter entfernt, bald schon wieder auftaucht und sofort mit ruhigen Bewegungen zu schwimmen beginnt. Wenn er Geldscheinen begegnet, greift er sie sich und wirft sie noch weiter vom Boot fort.

Außer mit ihrem Kopf, hat sie sich immer noch nicht geregt, schaut ihm schweigend zu, die Hände an der Reling. Jean ist jetzt bei ihr, sieht auch ins Meer hinab. Beide verfolgen, wie der Killer nun dazu übergegangen ist, die Jacht im Radius von etwa zwanzig Metern zu umschwimmen. So, als habe er vorher nur diese bestimmte Entfernung zu ihr erreichen wollen.

Solveig geht auf die andere Seite des Decks.

»Ich verstehe, daß Sie töten müssen.«

Der Killer schwimmt ruhig und spricht, ohne zu Solveig zu gucken: »Sie denken, daß Sie es verstehen. Das ist ein Unterschied.«

Sie dreht sich einen Joint und steckt ihn sich an, raucht, sieht dem Killer zu, beobachtet seinen weißen Körper, wie er sich unter dem Wasserspiegel streckt, seine Arme und Beine sich ausladend bewegen, wie sie ihn vorwärtsdrängen, ziehen.

»Manchmal, und es geschah zuletzt immer häufiger, wenn ich nachts, oben in meiner Wohnung am Fenster stand, bekam ich urplötzlich Angst vor Ihnen.«

Der Killer schwimmt unbeirrt, als hätte er Solveigs Worte gar nicht gehört, schwimmt monoton seinen Kreis um die Jacht: wie auf einer ganz exakten Umlaufbahn.

Sie schaut senkrecht ins Wasser hinab. Wie tief wird das

Meer hier wohl sein? Wenn er jetzt hier unterginge, denkt sie sich. Sie will dem Killer etwas sagen, sucht ihn nun, muß sich umdrehen, weil er inzwischen schon hinter ihr schwimmt.

»Und wenn ich diese Angst hatte, dachte ich immer, daß Sie mich, von einem anderen Haus aus, mit Ihrem Gewehr erschießen würden, durch ihr Zielfernrohr genau beobachten würden, aus irgendeinem der unendlich vielen, verdammten Fenster. Ich habe dann immer die Vorhänge schnell zugezogen und mich lange neben einem der Fenster an die Wand gekauert und gewartet, gezittert ...« Sie geht auf die andere Seite des Decks und beugt sich über die Reling, wirft den Joint ins Wasser, ohne ihm hinterherzusehen.

»Wundert Sie das nicht?«

Der Killer schwimmt ruhig vor sich hin, reagiert lange nicht.

»Warum hätte ich Sie töten sollen?«

Sie sieht ihm zu, wie er sich bewegt, sein Kopf regungslos aus dem Wasser ragt, denkt nach, überlegt, wie in gewaltige Felswände hinein.

»Ich weiß es nicht.«

Sie ruft noch einmal und lauter: »Ich weiß es nicht«, und greift nach einer Zeitung, knüllt einige Blätter davon zusammen. »Aber ich habe es gespürt«, steckt das Papier in Brand und wirft es in die Motorjacht.

Sie schwitzt. Sie beugt sich zurück. Sie sieht zum Killer, der ruhig schwimmt.

Sie hat ihren Körper nicht verändert, aber wendet ihren Kopf weit zur Seite, so daß ihre Augen gerade noch ein wenig wahrnehmen können, wie die Flammen der zerknüllten Zeitung auf eine Tischdecke übergreifen, wie sie sich in das Muster fressen, wild flackern und sich schnell immer weiter ausbreiten, so als hätten sie kaum Zeit, hätten Gier auf Zeit.

Sie spürt schon engelhafte Hitze.

Sie hält sich eine Hand vor das Gesicht, äugt durch die gespreizten Finger, streicht sich mit der anderen Hand ihre

Haare glatt zurück und fühlt, daß sie unentwegt leichter wird, und sieht, wie das Feuer freier und immer freier gegen die Meeresstille kämpft, gegen diese Übermacht.

Erster Rauch zieht aus der Kajüte in den Sonnenhimmel, steigt durchsichtig in die Höhe. Sie rückt drei Schritte vom Feuer zurück, sieht zum Killer, sieht, wie der Rauch in seinem Rücken über ihm dahinschwebt, sieht, wie der Killer sorglos schwimmt.

Sie ruft erschrocken: »Jean«, ist glücklich, als er Sekunden später auf einmal vor ihr steht, blickt ihm in die Augen und greift ihn sich, hebt ihn in die Höhe, schwankt mit der Last an die Reling. Und wirft Jean ins Meer.

Der Killer schaut zur brennenden Jacht, sieht, wie Solveig Jean in ihr kleines Boot zieht, es fast nicht schafft, der Hund panisch strampelt. Er erkennt, wie schön sie in Angst ist.

Sie blickt zum Killer, wie gelassen er auf seiner Kreisbahn schwimmt, sieht zur Jacht hinüber, die schon fast ganz von den riesigen verwobenen Flammen verschlungen ist. Sie löst schnell das Seil, das sie mit der Jacht verbindet, spürt immer stärker die Hitze, die sich ohne jede Gegenwehr auf das Meer hinaus ausweitet, auf dem ebenen Wasser steht.

Die schwarze Wolkenwand, hinter der Jacht, ist erheblich näher gekommen.

Sie streicht sich über die verschwitzte Stirn, schöpft mit einer Hand Wasser, benetzt sich damit ihr Gesicht, wundert sich, daß das Wasser noch kühl ist, schaut zum Killer, wie er harmonisch schwimmt, kein einziges Wort sagen will, sieht wieder in die Flammen und muß daran denken, daß sie früher, in der Wohnung, damals noch bei ihren Eltern, so oft wie möglich in der Nacht vor dem Kamin saß und nur ins Feuer sah und phantasierte, bis der Morgen anbrach, und sie niemals eher, bevor das erste, matte Licht des Tages sie störte, ins Bett ging, und Vater und Mutter zu keiner Zeit etwas bemerkten, nichts, aber auch nichts ahnten. Manchmal trank sie damals sogar schon, wie alt war sie, vielleicht erst vierzehn, kleine Schlückchen Champagner, hörte leise Bachs Goldberg-Variationen, immer wieder nur die Goldberg-Variationen. Mit den Augen in den Flammen.

Sie kippt den Motor, so daß die Schraube ins Wasser taucht, läßt ihn noch aus; treibt sacht von der brennenden Jacht.

Sie starrt auf die Flammen, das meterhohe Feuer, wendet sich wieder zum Killer. Hinter der Jacht schwimmt er ruhig auf seiner Bahn, versuchte bisher noch nie, ihrem Boot näher zu kommen, unbeirrt schaut er vor sich aufs Wasser: als gäbe es nicht weit von ihm ein Ufer.

Schwarzer Rauch steigt weit in den Himmel hinauf. Eine dicke Säule, nach oben immer breiter werdend wie eine Windhose, krümmt sich hoch oben über ihr von der immer schneller heranziehenden Wolkenwand weg.

»Sie hatten einmal neben meiner Schwester gesessen.«

Der Killer schwimmt nicht weit von ihrem Kahn, hat sie in seinem Rücken.

»Ich!?« Sie ist aufgestanden, blickt dem Mann nach.

»Fällt Ihnen jetzt nichts anderes ein?«

»Sie war rothaarig, und sie gab Ihnen damals Feuer.«

Solveig hat sich ein kleines Ruder gegriffen und paddelt näher an den Killer heran, ruft ihm dabei zu.

»In der Bar!?«

Sie wartet, ruft noch einmal gegen das Prasseln des Feuers an.

»In der Bar?«

»Im Grunde hatten Sie doch damit recht, daß ich töten muß. – Auch mein letzter Auftrag, ich meine Ihren, der ist über die Angst des anderen hinausgegangen ... weit hinausgegangen.«

»Nein!« Sie steht, läßt das Paddel in den Kahn fallen, spürt das nicht einmal, setzt sich, beugt ihren Kopf und vergräbt ihr Gesicht zwischen den Händen. »Nein ... nein, nein ... Sie haben ihn nicht getötet?«

»Doch. So ist es.«

Sie hebt die Schultern, läßt sie wieder herabfallen. Langsam, ganz langsam zieht sie ihre Hände durchs Gesicht, hebt dabei den Kopf, bleibt mit den Fingern im geöffneten Mund hängen, an den unteren Zähnen: verkrallt, zieht ihren Kiefer weit mit nach unten, bis es schmerzt, sieht so dem Killer nach, wie er um das Feuer auf dem offenen Meer schwimmt, kann dann endlich wieder die Finger von den Zähnen lösen, läßt ihren Kopf in den Nacken fallen, sieht dabei direkt in die Rauchfahne, wie sie federleicht in die Höhe quirlt und vor dem wolkenlosen Himmel steht, sagt: »Es ist seltsam«, und spürt, wie ihre Worte, am Rauch vorbei, frei in den Himmel ziehen. »Ich werde jetzt gleich losfahren ... Hören Sie mich?«

»Ja, ich verstehe Sie gut.«

»Ich werde also losfahren, mit meinem Jean, und es kostet mich gar keine Überwindung.«

»Das muß es auch nicht.«

Sie vernimmt die Worte, als würden sie aus der Qualmsäule kommen oder dem Himmel darüber, wo ihre vorher verschwanden, bewegt ihren Kopf wieder in die Waagerechte und sieht den Killer: Er schwimmt wieder nicht weit von ihr, ohne sie anzublicken. Sein Gesicht hat jetzt nichts Kindliches mehr. Es ist wieder wie ohne einen jeglichen Wert, das, was man kalt nennt, spiegelt, sie spürte so etwas noch niemals, eigentlich nur die Grausamkeit des Seins, und es ist, als würde er in ihr sogar lächeln.

»Sie wissen«, fährt er auf einmal fort, und sie blickt auf seinen Hinterkopf. »Es geht nur um die Differenz, die zum Tod«, macht eine kleine Pause und bewegt allein seine Arme und Beine, so als würde ihm die Kraft fehlen weiterzureden, spricht dann aber doch bald wieder: »Aber verfallen ... verfallen war ich Ihnen, geliebt habe ich Sie vom ersten Augenblick an. – Dies, und nur dies, ist für mich das Unfaßbare. – Und das bleibt.« Und mit den letzten Worten sah er zu ihr, hatte erstmals seine Schwimmbewegungen gestoppt, hatte sich umgedreht und einen Arm weit aus dem Wasser gehoben und zeigte in eine Richtung seitlich hinter ihr. »Da entlang müssen Sie. Und fahren Sie endlich los.« Danach schwamm er auf seiner Kreisbahn weiter, sagte kein Wort mehr.

RECHTS am Kahn hält sie einen Arm tief in das Wasser hinein, spürt, wie das Meer einsam mit ihren Fingern spielt, wie das ganze dunkle Wasser sich gegen ihre Hand zwängt. Sie muß das Boot gegensteuern, damit sie nicht vom Kurs abkommt.

Links, seitlich über ihr, die Sonne. Ihr Gesicht ist im Schatten, muß unter allen Umständen im Schatten bleiben: so kommt sie nach Hause. Wasser schwappt manchmal hoch bis zur Schulter.

Sie zieht den Arm wieder aus dem Meer. Sie spritzt Jean mit den letzten Tropfen voll. Als es auf einmal dröhnt, dreht sie sich um, sieht einen Feuerball, sieht, wie ein brennender verlassener Punkt im Meer versinkt, danach die Rauchfahne abreißt und der allerletzte Qualm senkrecht, so als flüchte er über dem Wasser, wie eine riesige, starr stehende Gestalt dünner und immer durchsichtiger wird, und sich am Schluß ins Nichts auflöst.

Sie spürt den Fahrtwind, wie er ihren nassen Ärmel streift, ihr der Pulli an der Schulter darüber kühl auf der Haut klebt. Sie steht auf, dreht sich einmal im Kreis. Dreht sich noch einmal. Bückt sich schnell und steuert wieder. Sie wendet sich nach hinten: – Sie ist allein.

Die Wolkenwand ist näher gekommen, ragt wie ein hohes Gebirge aus dem Meer, mit Hängen, auf denen Schnee liegt und vielleicht Lawinen ins Tal donnern, in hohen Sprüngen Gemsen flüchten; bis sie doch eingeholt werden.

Sie dreht sich zum Bug zurück, blickt auf Jean, wie er seine Beine von sich gestreckt hat, döst. Sie blickt über die Bootsspitze. Sie hört auf das Summen des kleinen Motors. Links, seitlich hinter ihr, steht die Sonne. Sie ahnt sie durch den Pulli am Rücken.

11
Wie müde die Engel sind

Gelöst die blonden Haare. Über der Schulter das Lächeln.

»Hallo, wie geht es Ihnen? Einen kleinen Moment noch, Sie sind gleich in Sicherheit.«

Sie hört, wie sie stöhnt, spürt ihren Körper in der lieblichen fremden Stimme, hat den Kopf auf die Seite fallen lassen, sieht in den Himmel, bemerkt neben sich, im verhüllten Gegenlicht, den Schattenriß von etwas Großem, spürt, wie ihr winziger Kahn leicht schaukelt.

In den letzten Stunden hat sie das Glück erlernt, nichts mehr zu hoffen, auch nichts mehr zu spüren, auch sich selber nicht, genoß nur noch Schmetterlinge, welche sie andauernd begleiteten, sie mit sich durch die Meeresstille trugen, mit immer verschleierteren Schwingungen.

Sie hört, wie sie wieder aufstöhnt, sieht, wie der riesige Schatten langsam näher kommt, hört: »Gleich können wir Ihnen helfen«, spürt jetzt keinen einzigen Schmetterling mehr, ist sich klar, daß nicht ein einziger mehr um sie flattert, fühlt den trockenen Mund, offene, strahlende Sonne.

Sie sieht die Figur jetzt genauer, verfolgt, wie ein Mann neben eine blonde Frau in einem gelben Bikini tritt. Und sie atmet mit ihrer letzten Kraft durch, atmet aus. Es ist nicht der Killer. Schneeweiße Segelbootschuhe.

»Sie lebt«, hört sie, schwankende, verschwiegene Worte von der Seite her, sieht, wie der Mann nach ihrem Kahn greift, ihn zart zu sich hinzieht, hört das leise, dumpfe Geräusch von Motoren, und wie es auf einmal völlig endet.

Ihr Rücken schmerzt. Sie streckt beide Arme nach außen,

tastet um sich, fühlt auf der linken Seite bald das Fell von Jean; warm ist es, weich.

Windstille.

»Können Sie mir Ihre Hand geben?«

Sie spürt den derben Griff von Fingern, denkt, die müssen zu der Stimme gehören, hat ihre Augen geschlossen, spürt, wie sie sich aufrichtet, immer mit der fremden, festen Hand auf einem neuen Weg, wie sie Schritte geht, laufen kann und wie der Kahn wippt, riecht Sonnenöl und tritt dann, nachdem sie für Augenblicke gar nichts als nur einzig die fremde Hand hielt, auf festen Grund.

Sie läßt sich fallen, bemerkt, wie die Hand sie freigibt, spürt, daß ihre Kleidung naß ist, öffnet die Augen, sieht nahe vor sich die weißen Leinenschuhe um schmale Fesseln, hört, wie ein Mann sagt: »Mach du das Boot fest und versuch den Hund zu uns hinüberzuholen«, schließt wieder die Augen, als einer der beiden Schuhe sich über ihren Kopf hinwegbewegt.

Sie spürt, wie sich Hände unter sie zwängen, scheu, so als dürften sie es gar nicht. Spürt dann Arme, einen unter der Schulter, und wie der andere sich unter ihren Beinen hindurchschiebt, dabei in die Kniekehlen rutscht, spürt, wie sie in die Höhe gehoben wird, sacht angehoben wird, riecht Aftershave, Schweiß, Sonnenöl, spürt den eigenen Mundgeruch, erlebt überall ihren eigenen schwachen Pulsschlag.

SIE fühlt Seide an sich.

Sie kostet es aus, das Gefühl, das ihr so vertraut ist: mit den Fingern über dieses glatte Gewebe zu fahren. Sie drückt stärker auf, spürt ihre rechte Brust unter der Seide. Sie möchte mit dem Busen ihre Finger erleben, weiß nicht, ob es ihr gelingt, denkt, daß niemand je ihre Brust so berührte, und fühlt da schon wieder doch nur noch über die Fingerspitzen, fühlt einen begehrenswerten Körper, gleitet zur anderen Brust hinüber. Sie spürt – wie sich in ihrem Mund dünner Speichel sammelt, schluckt, hört Stimmen, öffnet die Augen.

Sie liegt auf einem Bett, halb zugedeckt. Neben ihr ein kleines rundes Fenster, durch welches Licht fällt. Sie hebt den Kopf, sieht durch die runde Scheibe auf endloses Meer, schaut wieder auf sich, sieht an sich ein blaues, seidenes Nachthemd, hört, beinahe ist es nicht zu spüren, daß Motoren laufen, hört, daß es hinter ihr sacht klopft, und wendet ihren Kopf, blickt auf eine schmale Tür aus dunklem Holz, verfolgt, vielleicht träumt sie, daß sie aufgeht, zieht sich die Bettdecke bis zum Hals.

Sie sieht auf eine junge Frau mit strohgelben Haaren in einem gelben Bikini. Schon in der offenen Tür hat die Frau innegehalten, etwas nach vorn gebeugt einen Fuß über die Schwelle gesetzt, eine Hand am Rahmen, und sie lächelt. »Ich begrüße Sie. Ich begrüße Sie ganz herzlich. Ich bin Lucia. Ich hatte mir erlaubt, Ihnen Ihre nassen Sachen auszuziehen. Nachdem wir sie gerettet hatten. Sie waren in eine Ohnmacht gefallen.«

Solveig sieht zu der jungen Frau hoch. Sie steht direkt vor ihrem Bett. Sie sprach so sanft, wie sie lief, blickt jetzt zu ihr hinab. Solveig wendet sich zur Luke, erkennt weiße, enorme Wolken, die, im Himmel verankert, zu warten scheinen.

»Wo bin ich?«

»Wir sind auf dem Meer. Wir haben Sie gerettet.«

»Was ist heute für ein Tag?«

»Donnerstag.«

»Donnerstag«, sie sieht, daß die Wolken sich doch bewegen, neugierig, wie kriegerisch an der kleinen Luke vorbeitreiben.

»Und Jean?«

»Jean!?«

»Ich meine den Hund.«

Solveig dreht sich wieder zu Lucia, hebt ihren Oberkörper an, blickt zu ihr hoch, schaut der fremden Frau in ihre blauen Augen.

»Dem Hund geht es gut. Dem fehlte nur Wasser.«

Solveig läßt sich wieder zurückfallen, wendet den Kopf und blickt wieder auf das Meer hinaus. Blauer Himmel.

»Viel später hätten wir Sie nicht finden dürfen. Aber so ging ja noch einmal alles gut.«

Solveig spürt, daß sich ihr Kopf etwas mehr in die Tiefe senkt, daß Lucia sich in der Nähe ihres Kopfes auf das Bett gesetzt hat. »Und da mein Vater Arzt ist ... Ich habe Ihnen dort etwas zum Anziehen hingelegt. Nur für jetzt, als Provisorium. Ich hoffe, es ist nicht zu sehr gegen Ihren Geschmack, es ist noch von meiner verstorbenen Mutter ... Aber Ihre Sachen müßten eigentlich auch schon bald trocken sein.«

Solveig dreht sich zu Lucia, ohne sie anzusehen. »Wieso waren meine Sachen überhaupt naß?«

»Ich weiß es nicht, wahrscheinlich sind Sie auch in den starken Sturm geraten, gestern. – Ziehen Sie sich in Ruhe an, und wenn Sie nicht mehr müde sind, drücken Sie dort auf den Knopf, ich hole Sie dann ab und stelle Sie meinem Vater vor.«

Solveig blickt zu Lucia, schaut ihr in die Augen, aber schweigt.

»Es ist bestimmt sehr interessant, wie Sie überhaupt in Ihre katastrophale Lage geraten sind ... Also, bis gleich, vielleicht. Und lassen Sie sich ruhig Zeit.«

»Donnerstag ist es?«

»Nachmittag.«

»Dann war ich ja fast drei Tage umhergetrieben.«

Lucia erhebt sich vom Bett und geht zur Tür, Solveig sieht ihr nach. »Danke. Vielen Dank.«

Nachdem die Tür ins Schloß gefallen ist, hebt Solveig ihren Kopf und legt ihn genau dorthin, wo Lucia gesessen hatte, neigt den Kopf nach und nach immer tiefer, bis ihre Nase zuletzt das angewärmte Kopfkissen berührt. Tief atmet Solveig ein.

Sie hat wieder die Augen geschlossen: hört sich weinen, sieht Bruchstücke von haushohen Brechern, spürt, wie sie wild mit den Händen im Wasser rudert, wie sie aus einem finsteren Wellental, als käme sie aus der Nacht, in die Sonne hinein auf das spiegelglatte Meer stößt. Sie spürt eine Gegenwehr, als sollte das Boot nun nicht mehr weitertreiben, als würde das Weinen um sie herum überaus zart glimmen, so liegt es jetzt überall dicht in der Luft. Sie öffnet die Augen.

Sie steckt einen Arm unter die Decke. Sie fühlt die Seide des Nachthemdes, fährt mit der Hand über die Haut bis zur Hüfte. Sie ist dünner geworden. Sie riecht wieder Lucia: Es gibt mehr als das Meer, als sie ...

EINE leichte Brise weht ihr entgegen.

Seitlich vor dem jungen Mann, der mit dem Rücken zu ihr am Ruder steht, dreißig wird er vielleicht sein, sitzt ein älterer Mann. Sie denkt, daß er ungefähr fünfundsechzig Jahre alt ist.

Sie sieht um sich, den Horizont entlang, senkt den Kopf, blickt aufs Meer hinab, verfolgt, wie das weiße große Schiff zügig seinen Weg durch das ruhende Wasser nimmt.

Lucia hat sie auf das oberste Deck geführt, läuft ein, zwei Meter vor ihr her. Über ihnen ist kein Dach mehr. Die Sonne scheint warm. Der ältere Mann sitzt in einem Korbsessel, ist in ein dickes Buch vertieft, trägt einen sehr weiten, weißen Leinenanzug und ein hellblaues Hemd darunter, auf dem Kopf einen eleganten Strohhut und wie der andere, jüngere Mann, der immer noch unbewegt aufrecht am Ruder steht, ebenfalls weiße Bootsschuhe. Lucia läuft als einzige barfuß, ist immer noch im Bikini.

Solveig schaut an sich hinab, bindet sich den Gürtel neu, fühlt sich wohl in dem dunkelblauen Morgenrock. Schön war sie, als sie vorher in den kleinen Spiegel sah, unvergleichlich schön, denkt sie. Und warum nur war sie schon wieder so schön? Und heute?

Sie sieht, wie Lucia im Laufen stockt, wie sich ihre beiden Arme plötzlich nach hinten auf den Rücken gezwängt haben, ihre Hände ineinandergreifen, fast winden, hört, wie sie sich räuspert, zu dem alten Mann schaut, jetzt stehengeblieben ist, wie ein Vorsteherhund: ein Fuß ist Millimeter in der Luft.

Und der Alte, so als wolle er sich in einer ohnehin schon sehr auffälligen Langsamkeit sogar noch mehr bremsen, hebt dann allerdings doch bald völlig seinen Kopf an, löst zuallerletzt die Augen vom Buch und setzt sich danach, als wäre ihm das der wichtigste Akt, eine große dunkle Sonnenbrille auf, schaut ihr unverhohlen entgegen.

»Vati, darf ich dir Frau Anderson vorstellen.«

Sie bemerkt, daß der Alte sein Buch nun schließt und es neben sich auf ein kleines rundes Tischchen legt. Sie fühlt sofort, daß ihn etwas veränderte, daß er nun, da er auffällig zu erkennen gab, sie gesehen zu haben, obwohl sie glaubt, daß er sie schon vorher beobachtete, schon lange wußte, daß sie ihm mit seiner Tochter entgegengetreten war, daß er nun, weil er bestimmte, wann er sie beide sieht, und diese Entscheidung genießt, aufstehen kann, sich die Sonnenbrille von den Augen zieht, aber trotzdem stehenbleibt, vor seinem Sessel, die Brille auf das Buch legt und seine linke Hand dabei an der Brille beläßt und das alles so tut, als würde er eine schon ewig erprobte Kür vollführen.

Sie spürt, daß Lucia nun erwartet, daß sie weiter auf ihn zugeht.

Als sie vor ihm steht, reicht ihr der Vater die rechte Hand.

Sie spürt, wie der Mann zufaßt, wie er es zurückhaltend tut, aber auch bestimmt, daß die Kür weitergeht, für ihn einen willkommenen, gar schicksalhaften Fortgang nimmt.

»Schön, Sie wiederzusehen. Gestatten ...« und dann greift der Mann sich mit der linken Hand an den Hut und lüftet ihn kurz. Sie spürt, daß dieser Akt ihm ein Genuß war und er ihn wahrhaftig nur für sie beging. Und dann blickt sie zu dem jungen Mann, weil der sich zu ihr umdreht, indem der alte weiterredet und ihr sagt: »... von Thadden, Otto. Und das ist mein Sohn Heinrich. Lucia kennen Sie ja schon.«

Sie sieht, wie der Vater seinen Sohn jetzt anblickt: schlicht, aber unglaublich machtvoll. Sie fühlt genau, daß er irgend etwas von ihm erwartet, und begreift es aber erst, als der junge Mann »Auch ich begrüße Sie herzlich an Bord« zu ihr sagt.

Danach setzt sich der Vater wieder zurück in den Sessel, greift sich erneut sein Buch und beginnt wieder zu lesen. Sie spürt jetzt erst, daß auch sie, wie Lucia, schon von Anfang an vor dem Mann wie ein Kind steht, hört, wie er sagt, ohne dabei aus dem Buch aufzusehen: »Sie haben sich gut erholt!«

Sie sieht Lucia an. »Da ist dankenswerterweise auch Schminke dabei, von Ihrer Tochter. Und sie hat mich auch gut verpflegt.«

Sie lächelt, und Lucia schmunzelt auch. Heinrich hat sich wieder umgedreht und lächelt ebenfalls, dreht sich aber sogleich wieder in die Fahrtrichtung zurück.

»Aber ich wollte mich natürlich auch noch bei Ihnen beiden bedanken.«

Der Vater reagiert, ohne aus dem Buch aufzusehen. »Das war doch selbstverständlich.«

Und auch Heinrich dreht sich nicht zu Solveig herum, sagt aber: »Jeder andere hätte Sie auch gerettet.«

Sie möchte gehen, dreht sich ab. Lucia will ihr folgen, zögert aber und spricht dann unerwartet: »Vati, wolltest du Frau Anderson nicht noch etwas fragen?«

Der Vater schaut jetzt auf. Sie spürt es im Augenwinkel, sieht auf das Meer hinaus, steht an der Reling, blickt jetzt auf ihre neuen, schneeweißen Stoffschuhe. Die Haare wehen ihr im Fahrtwind.

»Aber natürlich, Lucia ... Wie waren Sie denn, wenn ich fragen darf, überhaupt in die schlimme Situation geraten, Frau Anderson?«

Daß er sich ihren Namen gemerkt hat, sie wundert sich.

Und schon spürt sie, wie sich in ihr Worte formieren, so als führten sie ein Eigenleben, als würden sie schon lange warten, auf ihrer Zunge unruhig hin und her getanzt haben, als hätten sie sich jetzt gleich ohnehin ihren Weg ins Freie erbeten, ja gar erzwungen.

»Ich war gar nicht mal so weit von der Küste weg, und da war plötzlich das Benzin aus.« Sie dreht sich nun wieder zu Lucias Vater um, sieht, wie er sie auf irgendeine Weise aufmerksamer als vorher ansieht, fast jungenhafter wirkt. »Leider hatte mich davor niemand gewarnt. Das Boot ist ja nur geliehen. Und dann, dann muß ich sehr abgetrieben sein. Über zwei Tage ging das, wie ich erst jetzt erfahren habe.« Sie wendet sich zu Lucia um, lächelt wieder. »Und dann kamen ja Gott sei Dank Sie.«

»Wie aus einem Film oder einem Roman hört sich das an.« Der Vater schaut in sein Buch, als könne er dort mehr über Solveig erfahren, schaut darauf aber schon wieder aufmerksam zu ihr.

»Ja, jetzt kann man das so sehen; Sie haben recht. Ich habe darüber noch gar nicht richtig nachgedacht. Sie haben tatsächlich recht. – Wenn man so will, habe ich zuerst das Meer genutzt ...« Sie schaut jetzt wieder von dem Vater weg, auf die weite See hinaus, macht einen Schritt und beugt sich über die Reling, so als wolle sie das Meer eigentlich berühren oder ihm wenigstens näher sein, denkt aber nur an den Killer, denkt jetzt auf einmal so sehr an ihn, daß ihr beinahe das Blut stockt, sie ihn im Meereswasser sieht. »... zuerst habe ich also das Meer genutzt, dann, dann habe ich es kennengelernt, das Meer, trieb einfach auf seine Weite hinaus. Und dann geriet ich ins Verderben, ja wirklich ins Verderben. Und jetzt, dank Ihrer Hilfe«, und sie stellt ihren Oberkörper wieder auf und streicht sich mit beiden Händen fest über ihre Wangen, dreht sich um, und blickt zu Lucia und zuletzt zum Vater zurück. »Dank Ihrer Hilfe entfliehe ich ihm ... dem Nichts ... Ich habe, wenn man so will, das Nichts kennengelernt.«

»Interessant; wahrlich ein Gleichnis.«

Der Vater vertieft sich erneut in sein Buch. Aber sie bemerkt, daß er sich weiterhin auf sie konzentriert. Sie fühlt das deutlich, fühlt es wie ihr Atmen, spürt, daß er nur so tut, als würde er wieder lesen, es meisterhaft spielt. Sie sieht es an den Fingern seiner linken Hand, die hinter dem dicken Buch auf und ab pendeln, leise trommeln. Sie spürt, daß er sich dessen gar nicht gewahr wird und daß sich seine Augen während des vorgetäuschten Weiterlesens im Schatten der Hutkrempe jetzt noch viel mehr als vorher tarnen.

SIE horcht, das Gesicht dem Meer entgegen.

Sie steht von einem Stuhl auf und sieht über ihr Bett und geht zu einem der Bullaugen und spürt Schritt für Schritt das tiefe Meer unter sich.

Jean liegt auf dem Boden, hebt kurz seinen Kopf, läßt ihn wieder fallen.

Das Bullauge ist dicht über dem Wasser; flache Wellen. Sie kippt die Luke an. Sie bemerkt sofort die leichte Dämmerung, wie sie glasig über dem Horizont steht.

Sie empfindet, daß nur das Boot in Bewegung ist, obwohl Wasserspritzer vorbeifliegen. Sie zwängt die Hand durch das kleine Fenster, spürt den Fahrtwind, die hastenden Wassertropfen, wie ihre Hand abkühlt, wie sie ihr nach und nach immer mehr fremd wird. Jetzt ist sie zusammen mit dem Meer: eine weiße Möwe, in einsamster Freude.

Sie erschrickt, und dreht sich um. Sie sieht Lucia, die die Tür zu ihrer Kajüte geöffnet hat, zieht hastig ihren Arm aus dem Fenster zurück.

»Hier, in Ihrem Trenchcoat, ist ein Gegenstand zu spüren.«

Sie wartet, springt dann zur Tür, greift sich ihren Mantel und tastet ihn ab.

Sie ist unruhig, lächelt.

Sie findet endlich die Tasche, in der ihr Handy steckt, und zieht es heraus, spürt, daß sie ernst geworden ist.

Sie trocknet sich die nasse Hand am Trenchcoat ab.

Sie spürt, daß sie Zeit braucht, wischt wieder mit dem Mantel über die Hand, spürt, daß Lucia sie beobachtet, tippt dann auf das Handy. Ihr Herz klopft stark – ohne Gefühl.

»Soll ich Sie alleine lassen?«

»Nein, nein, das ist nicht nötig. Ich rufe jetzt nur bei mir zu Hause an. Ob da ein sehr, sehr wichtiger Anruf einging. Einer, auf den ich warte, oder genauer gesagt ...« Sie unterbricht ihr Sprechen und wendet ihren Kopf ab. Sie faßt sich mit der Hand, die vorher draußen war und die immer noch etwas kühl ist, und ihr immer noch reizvoll fremd ist, ans Kinn, drückt dagegen und sieht durch das Fenster auf das Meer hinaus. Sie denkt an den Killer und kann nichts dagegen tun. Sie spürt, wie durch ihre Hand das Kinn kühl wird, sieht in die Dämmerung und spricht weiter. »... genauer gesagt, ist es ein Anruf, auf den ich überhaupt nicht warte. Einer, den ich niemals ... aber auch überhaupt niemals wieder haben möchte.«

Sie hört in das Telefon hinein und hat sich wieder zu Lucia gedreht, sieht in ihre blauen Augen, sieht, wie hilflos sie ist: fast wie sie selbst.

»Hier meldet sich der Anrufbeantworter von Solveig Anderson. Leider bin ich im Moment nicht zu erreichen. Sprechen Sie mir nach dem Signalton bitte auf das Band. Ich melde mich auf jeden Fall so schnell wie möglich bei Ihnen. Danke!«

Sie hat sich auf ihr Bett gesetzt, hört in das Handy, ist ganz starr, weiß bald, daß nicht ein Anruf bei ihr einging, und sie läßt sich rückwärts auf das Bett fallen.

»Gott sei Dank!«

Sie bemerkt, daß Lucia neben sie getreten ist und zu ihr hinunterschaut, und sie greift sich eine Hand von ihr und pendelt mit ihr hin und her, läßt die Hand bald wieder los und richtet sich vom Bett auf. Lucia lächelt sie an.

»Der Pullover ist meiner. Das Gelb steht Ihnen gut.«

»Ja?« Sie lächelt und bedient wieder ihr Handy.

»Ja hallo, hier ist Laura. Ihr wißt, ich rufe euch alle gerne zurück. Daaaaaaaaaankeeeeeeeeeeeeeeeeeeeeeeeeeee ...«

Sie schaut Lucia in die Augen und hört dabei den Signalton von Lauras Anrufbeantworter, spürt, daß sie unfaßbar froh ist.

»Hier spricht Solveig. Ach, ihr seid ja schon weg, stimmt ja. Oder? – Aber ihr könnt euch nicht vorstellen, was ich gerade alles erlebt habe. Es war die Hölle, aber nun ist wieder alles gut.« Sie lacht Lucia an und dreht sich erneut zu dem kleinen Fenster und blickt auf das Wasser hinaus, die Färbung des Himmels ist inzwischen stärker geworden. »Ich bin jetzt weit auf dem Meer, und ... Aber, ich erzähle euch das alles ein anderes Mal, ja ...«

Sie läßt sich wieder auf das Bett zurückfallen und bleibt mit den Augen bei Lucia. Die sieht aufmerksam auf das Wasser hinaus.

»Und wenn dein besagter Brief kommt, Laura, dann melde ich mich sofort in Spanien. – Bis bald. Ich freue mich, euch wiederzusehen.«

Sie schaltet das Handy ab und legt es neben sich auf das Kopfkissen.

Auf Lucias breiten, hageren Schultern liegt ein schmaler Streifen Licht, der Rücken wirkt beinahe schwarz. Lucia blickt noch aufs Meer, schließt dann das Fenster, verschraubt es gründlich.

Solveig hebt den Kopf, reckt sich zur Seite, stützt sich auf den linken Ellenbogen, sieht durch das Bullauge nach draußen. An Lucias Haut vorbei. Der Himmel über dem Horizont ist feuerrot und furchtlos.

Es gibt Sekunden, da erlebt sie Bilder, inmitten denen sich fremde Menschen für sie so vertraut verhalten, daß sie glauben muß, sie sei es selbst: exakt, in irgendeinem Außen, letztlich furchtbar; immer wieder erschrickt sie; schweigend.

»KAROLINE, schenken Sie unserem Gast auch noch etwas nach. – Es ist Ihnen doch recht, Solveig?«

Sie sieht von ihm zu Karoline, sieht, wie Karoline Lucias Vater Rotwein in ein Glas gießt, vorbei an der Vase mit der ausladenden Blüte. Fremdländisch ist die Blüte, wie Karoline: zitternd und zart in allem. Am meisten liebte sie im Nu Karolines ehrfurchtsvollen Stolz, wie sie ihn in sich vergräbt und doch glücklich ist; ungefähr vierzig Jahre alt ist sie und trägt einen engen, dunkelblauen Rock und eine weiße Baumwollbluse.

»Es ist Ihnen doch recht«, wiederholt der Vater da nochmal.

Sie denkt an Karoline.

»Aber ja, bitte.«

Aus welchem Grund nur hat sie dieses klare Gefühl, fühlt sie die Inderin als eigene Entsprechung?

Karoline schenkt ihr nach und stellt die Flasche ab, richtet sich auf, schaut zum Vater und schwankt dann plötzlich, ein wenig nur, Zentimeter, als hätte sie eine milde Abendböe erfaßt, fängt sich wieder an der Reling und lächelt aufs Meer hinaus, schließt sich den oberen Knopf ihrer Bluse und fragt nur Sekunden später: »Besteht sonst noch ein Wunsch, Herr Professor?«

»Nein, es ist gut, Karoline, Sie können dann erst einmal gehen.«

Sie weiß nicht, warum sie sich ihr ähnlich fühlte, warum sie erschrak.

NACHTWIND, der hin und wieder kühl ist.

»Wenn wir wieder an Land sind, sollten Sie, und das ist mein Rat als erfahrener Arzt, sollten Sie in den nächsten Tagen unbedingt zu mir in die Klinik kommen.«

»Das werde ich sehr gerne tun.«

Sie sieht, wie der Vater sich sein Glas greift, spürt, wie er es tief genießt, daß sie ihm zuschaut, sieht, wie er langsam das Glas vor seine Nase führt. Sie glaubt, daß er aufgebrochen in sich bebt, sieht den gewaltigen Nachthimmel über ihm. Sie versucht, alles zu vergessen, sieht, wie er den Wein riecht, ein Schlückchen trinkt, es leicht fragend kaut, schluckt, und dann sein Glas beeindruckt auf den Tisch zurückstellt.

»Lucia ...! – Lucia, holst du mir doch bitte sogleich eine meiner Karten, ich habe seltsamerweise keine bei mir.«

Er sucht in mehreren Taschen seines Jacketts, ohne dabei aber etwas zu finden.

»Jetzt gleich, Vati?«

»Ja, jetzt sofort. Ich möchte das auf gar keinen Fall versäumen, Frau Anderson eine Karte zu geben.«

Er lächelt.

»In einer guten Stunde betreten wir wieder das Land. Ich fahre jetzt schon so viele Jahre mit dem Boot hinaus, aber es ist mir immer wieder ein Erlebnis; bleibt letztlich unaussprechlich.«

Er schaut in die Tiefe des Bootes. »Karoline. – Karoline!«

»Ja, Herr Professor!«

Sie sieht, wie die Inderin, als hätte sie schon gewartet, die Treppe zu ihnen hinaufsteigt.

MIT wenig Fahrt treibt die Jacht im Dunkeln dahin. Vor der Flußmündung, er zeigte ihr vor einigen Minuten, wo das vielarmige Delta hinter dem Horizont sei, herrscht strahlende Sternennacht.

Otto und Solveig schweigen. Er raucht ruhig Pfeife.

Ohne ein jedes Geräusch bewegt sich die Radarantenne nimmermüde im Kreis.

Außer der Jacht ist kein anderes Boot unterwegs. Der Motor ist nicht zu hören. Eine Sternschnuppe. Vor dem Bug die gleißende Skyline der geballten Hochhäuser.

Sie sucht ihr Haus.

»Imposant ... imposant, das Festland, nicht wahr?«

»Ja ... doch.«

»¡DIOS mio, tan tarde por la noche! ¿Quién es? ¿Diga?«

Sie hört die Stimme einer älteren Spanierin. Sie erinnert sich sofort, als Kind einmal in Spanien gewesen zu sein; mit Vater und Mutter, am Meer, bei strenger Flaute, im Mittagssonnenschein. Und damals hatte sie eine entsetzliche Angst, als eine greise Frau an ihnen vorüberlief, stehenblieb und ihr ewig hinterherblickte, sie anstarrte, voll von strömender Kraft, ganz anders als sie gekommen war, da noch gebeugt, aber nun plötzlich so mächtig: wie die Windstille, die damals alle Sehnsucht der Mutter, die genau an diesem Tag nur aufs Meers sah, völlig erdrückt hatte; und auch den leeren Schritt des Vaters.

Sie sieht aus dem Fenster, bis zum Ende der Stadt, öffnet sich den Schnürsenkel eines der weißen Bootsschuhe, die sie immer noch trägt, drückt ihn locker an ihrem Knöchel vorbei, an der glatten Haut, weit in den Schuh hinein.

»Ich möchte ... könnte ich Laura sprechen.«

»¿Quién habla ahí?«

»Laura! I want to speak Laura. I'm calling from Germany.«

»¡Ahh! Laura! Un momento, trataré de buscarla. Un momento.«

Sie wendet sich vom Fenster ab, schaut lange auf Jean, mitten in seinen lautlosen zarten Blick.

»Laura hier! Wer ist denn da?!«

»Ich bin's, Solveig.«

»Jetzt, um die Zeit!?«

»Ja, ich weiß, wie spät es ist. Aber ich bin gerade erst nach Hause gekommen. In dieser Sekunde. Und dein Brief, der ist nun da. Ich habe ihn hier vor mir.«

»Wirklich? Und?!«

Jean geht aus dem Raum, und sie wendet sich allmählich wieder zum Fenster: hinter dem Stadtrand, das allererste Morgenlicht, als spiele es mit der Reinheit des Jenseits, als würde es das tatsächlich wagen.

»Und? – Und, sagst du! – Gleich! – Wenn du doch wüßtest, du kannst dir nicht vorstellen, was ich in den letzten Tagen erlebt habe. Beinahe wäre ich umgekommen ... wirklich umgekommen, weit draußen auf dem Meer. Und dann haben mich fremde Leute gerettet. Ich habe da eine Familie kennengelernt: Der Vater ist Chefarzt an einer riesigen Klinik. Der ist ein Mann, wie es sie eigentlich nur früher, zu anderen Zeiten einmal gab ... Aber ... Und dieser Mann, der hat mich gerade jetzt, als wir vor kurzem, vorhin, wieder an Land waren, da hat er mich doch tatsächlich gefragt ... ob ich seine Frau werden würde. Und schon ...«

»Hallo, das ist ja alles sehr interessant, aber weißt du, was dich das kostet, wenn du jetzt so viel erzählst.«

»So teuer ist das nicht, und außerdem ist mir das auch völlig egal ... Und wenn es wahrhaftig so kommt, mit der Hochzeit, dann müßt ihr beiden, du und Susanna, dann müßt ihr beiden unbedingt meine Trauzeugen sein, ja? Das mußt du mir versprechen ...!« Sie sieht, daß das Tagesgrauen schon stärker geworden ist, öffnet das Fenster. »... Ja, Laura, werdet ihr meine Trauzeuginnen? – Hallo?!«

Sie lehnt sich aus dem Fenster, sieht in die Straßenschlucht hinab: unten leuchtende schwindende Dunkelheit, es scheint zu nieseln, das Licht der Straßenlampen spiegelt sich in einigen verlorenen Pfützen.

»Ich bin noch da ... bin noch da. – Na, das ist allerdings eine Überraschung! Warum sollen wir das nicht tun wir als Trauzeugen, das machen wir. Du bist schon eine. Du bist ja ganz aus dem Häuschen. – Aber nun schnell noch: was ist denn mit meinem Brief!?«

»Ach ja, der Brief, entschuldige.«

»Um es nicht zu teuer zu machen: ich will nur wissen, ob es eine Zusage gab.«

»Ja, eine Zusage! Natürlich eine Zusage ...«

Sie sieht einem Auto nach, das von ihrer breiten Straße in eine Querstraße rast, dabei schleudert. Sie hört das schrille Quieken der Reifen bis zu sich hinauf. Mehrere Polizeiwagen folgen dem Flüchtenden: ausgelassene Sirenen; Blaulicht.

»Oh! Du bist ein Engel, Solveig ...!«

Sie lächelt, sie fühlt ihr Lächeln überall, spürt eine wunderbare Nähe, erlebt sie zu allem, zieht ihren Oberkörper wieder in den Raum hinein, führt sich ihre linke Hand vor den Mund, küßt sie außen ganz vorsichtig, spürt, wie ihre Lippen haften bleiben an der Hand, als sie sie wieder zurückbewegt.

»Ja, vielleicht bin ich ein Engel, aber trotzdem wäre ich wohl beinahe gestorben. Und nun, nun werde ich auf einmal heiraten ... heiraten, Laura, schon in drei Wochen. Und ihr, ihr beide werdet meine Trauzeugen sein.«

»Ich hab's doch schon gesagt: Ich verspreche es dir hoch und heilig ... Und in drei Wochen schon? Und ich dachte immer, wenn überhaupt, dann würdest du höchstens deinen mysteriösen ›Anrufer‹ heiraten.«

Sie hört Lauras Lachen, schließt schnell das Fenster und greift sich da auch schon an den Hals, spürt, wie alles um sie herum eigentümlich grau, lichtgrau wird, grenzenlos, frei, ohne jeden Hauch eines Farbtons, spürt, wie ihr der Hals anschwillt. Sie reckt sich, neigt den Kopf schief nach hinten, blickt zur Decke, klammert sich an ihren Stuhl, sieht bald schon, wie das schwache Morgenlicht dort oben an ihrer Decke endlich nach und nach faßbar milchfarben zu schimmern beginnt, spürt zugleich, wie die fremden, fahlen Hände, die sie gerade noch würgten, sich schon wieder von ihrem Hals lösen, kann jetzt wieder weiterdenken, flüstert: »Ach den ...«, sagt darauf ruhiger: »Ach, ich glaub', der meldete sich nie mehr. Aber das ist auch egal. – Vielleicht habe ich nun endlich richtiges Glück ... Also bis bald, kleine Laura! ...« Sie schaut wieder über die Stadt, kann deren Ende wieder erkennen, erkennt ein jedes um sich, wundert sich darüber.

»... Und drück' mir die Daumen.«

»Tschüs Solveig! Bis bald und alles Gute.«

»Tschüs ...«

Sie legt den Hörer auf, sieht in den Himmel. Sie streift sich die Bootsschuhe ab, senkt ganz langsam den Kopf, kann die Frühe wie ihren Körper fühlen.

12

Kostbar die strengen Abendflügel

Ein fernes Reden, ein Lachen.

Riesige Bäume und schlanke Koniferen werfen in der Abendsonne miteinander wechselnde Schatten. Auf weiten Rasenflächen bewegen sich viele Menschen.

Vor einer Villa, auf einem kleinen Hügel, steht ein Countertenor und singt.

SIE biegt sich heftig in den Schwung – wünscht sich, am höchsten Punkt ihres Fluges innezuhalten, ohne jede Zeit, auch alle, alle vergangene.

Ihr weißes Hochzeitskleid rast an ihr vorüber.

Sie schreit. – Sie stöhnt.

Sie hat den Mund weit aufgerissen; als wolle sie ihre Seele verlieren, im Abwärts.

Sie macht sich schwer, um nach rückwärts hin wieder an Höhe zu gewinnen, schreit von neuem hell auf, im toten Punkt: Sie weiß, daß Laura und Susanna sie gleich wieder abstoßen werden, nach vorn, in den offenen Sonnenschein hinein. Sie hört den Gesang des Countertenors, wie ein Werben von gewaltigen Libellen, in den Binsen, im Moor des Teiches. Sie ist stumm; steigt schon wieder auf.

Pfauenschreie.

IM Smoking steht er vor ihr, nahe der Schaukel. Er schaut ihr zu. Er hat beide Hände ineinander verschränkt, vor dem Bauch, hält sie ganz still, lächelt stolz – trunken, denkt, daß sie das nie und nimmer bemerkt.

Er kann ihren Flug spüren, das Leichte in der Bewegung, ihre Melodie. Sein Körper ist aufrecht, reglos. Wagte auch er zu schreien, er würde es ewig tun.

»Herr Professor . . .!«

Er wendet sich um, erkennt, wie aus dem Gewimmel der vielen Gäste Karoline auf ihn zueilt, ihm mit dem rechten Arm winkt.

». . . Herr Professor! Professor Wieland ist am Telefon.«

»Ich komme . . .«

LUCIA ist neben Laura und Susanna gesprungen, stößt die Schaukel mit ab.

Alle kreischen.

Da, auf einmal, stoppt Solveigs Flug in der Höhe, jäh: Sie sieht haushohe Wellen, sieht, auf offenem Meer, rauhesten Seegang. Die Sonne geht gerade auf. Sie erinnert sich an ihr Jauchzen, das immer wieder anschwellende und abfallende Kreischen der Frauen, hört es.

Wenig später spürt sie keinen Ton mehr; versinkt.